もぐら草子

古今東西文学雑記

鈴木創士
So-si SUZUKI

現代思潮新社

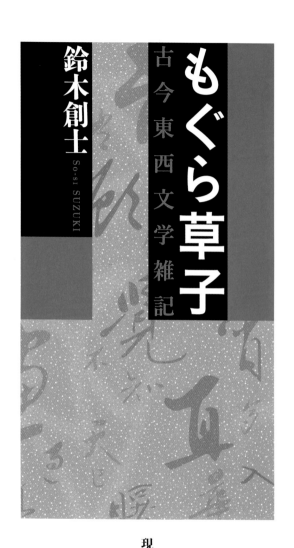

もぐら草子——古今東西文学雑記／目　次

もぐら草子——古今東西文学雑記

1　小野篁　地獄の井戸　上

その日は小雨が降っていた。小野篁《おののたかむら》ゆかりの寺は、親しい友人宅のほんの目と鼻の先にあるのに、今までどうしても行くことができなかった。平安前期の詩人であり嵯峨天皇に仕える官人であった篁は恐らく当代きっての知識人、反抗的知識人であり、つまるところ私にとって知識人の鑑といえる人物であった。

彼は宮廷を批判したために隠岐への島流しという憂き目に遭ったが、そればかりではない。その寺、六道珍皇寺には、篁が夜毎地獄へ通ったと言われる井戸が口を開けたままになっている。それを見ないでどうして物書きなどやっていられるだろうか。

この辺りは古来、鳥辺野と呼ばれていて、京都の人なら知らない者はない。もともと死者や弔いとは縁浅からぬ場所である。六道の辻は鳥辺野の緩やかな坂道の途中にある。見ると、六道珍皇寺の門前にはたしかに「六道の辻」という石の標識が立っている。六道。地獄、餓鬼、畜生、阿修羅、人間《じんかん》、天上。他には外道というやつもある。どれを選べばいいのか。いずれにしろここは亡者たちの通る辻だ。今でもそれを感じ取ることができる。私は息をひそめる。何も通らない。いや、何かの通り過ぎる気配、何かがさっと過ぎ去った痕跡が……。それにこの付近にはなんともいえない穏やかな下町風情が漂っているのだから、巷の人たちは死者たちにすでに慣れっこになっているのだろうか。私もまたずっとひとりの亡者だったのではないか。だが生きている者たちは冥府の者たちとはたしてどこが違うというのか。

辻というくらいだから、この世とあの世が交叉するかのような白くぼうっと霞む十字路があったはずなのだが、正確に縦の道がどれなのかは今では判然としない。縦と横。私たちはつねに垂直の縦の道を失う。

私と彼女はお寺の門を潜《くぐ》った。なぜかうまい具合に御開帳の日だった。他にも不思議な遭遇というか実にありえないようなことが実際にあったのだがここではあえて何も言うまい。お天気も変である。雨が降っていたのにここだけが晴れているようで、私たちはただ唖然とするばかりだった。ここは何かがスコンと抜けているような場所なのだ。それこそ空の方へ、天上の方へ向かって。

篁は地獄に墜ちたのではない。あるいは地を貫いて天空の底のほうへ掘られた井戸であれば、井戸を昇ったと言えばいいのだろうか。一八六センチの大男であったらしい篁は、冥府を訪れては閻魔の補佐、言ってみれば秘書のようなことをやっていたのだった。時には亡者の弁護もしたはずである。

2　小野篁　地獄の井戸　中

前回のコラムを読んださる歴史学者の先生が私に文句を言った。

「どうして小野篁が一八六センチの大男だったとわかるんだ？」

「そういう言い伝えがあるから計算した人がいるんでしょ」

私だって歴史の実在論と唯名論をめぐる論争があることくらい知らないわけではない。フランス人たちの考えによれば、小野篁が大男だったという話と、小野篁という人物が実在したという事実は同じ重みしかもたないということになる。それどころか歴史のなかには「名称」、つまり個々の「話」しかないと考える人たちさえいることくらい私だって知ってるさ。

だが、そうは言っても、時の流れのなかで物語は踵《きびす》を接して起きているのだから、それこそが歴史だとも言える。それどころか、そもそもフランス語の歴史《イストワール》という言葉にはちゃんと物語という意味があるのだから、これを無視するわけにはいかない。考古学者のシュリーマンだって、ホメロスの『イーリアス』の物語の内容を信じたからこそ、トロイアの町を発見することができたじゃないか。ありていに言えば、だからこそ私は神話にも伝説にも、存在と事実をめぐるひとひらの実在論的真実が含まれていると考える人間である。これだけはどうしようもない。譲れない。

それで篁が閻魔の補佐をするために夜毎入ったというあの「地獄の井戸」である。谷崎潤一郎は

「篁日記」を紹介した「小野篁妹に戀する事」という随筆を書いているが、恋の話だから仕方がないとはいえ、地獄の井戸は登場しない。澁澤龍彦の『唐草物語』にも篁に関するエッセイがあるが、澁澤は寺を訪ねてはいるが、どうやら地獄の井戸にはさして興味を覚えなかったらしい。私としては、これについては蓼食う虫も好き好きと言ってはいられないところがある。ましてやこの井戸に落っこちる虫は蓼食う虫と同じようなものではないだろう。私は澁澤とはまったく違った。このあまりにも形而上学的な井戸を見たとき、中に入ってみたいという欲求をなんとか鎮めるのに苦労したくらいなのだから……。その思いは「死の舞踏」を踊ることとはまったく異なるものだったと言っておこう。

勿論、残念ながら井戸のそばまで行くことはできない。お寺がそんなことを許せば、中を覗いたり、飛び込んだりする不逞の輩が必ずどこからともなく現れるはずである。それこそ地獄から飛び出した亡者のように。そいつはTシャツを着ていたりする。地獄へと赴いた篁の行為が神聖なものだったとしても（?）、すべての神話や伝説があたり前に神聖なものであるとは限らない。この苔むしてそれなりに風情のある「地獄の井戸」は、私にはむしろユーモラスなものに見えた。いたずら好きだったらしい篁は嵯峨天皇をからかったそうだから、なかなか話のわかる不良だったのではないかと、ふとあらぬ考えがよぎったほどである。

3　小野篁　地獄の井戸　下

今朝、吉本隆明が亡くなった。もはや滑稽にしか見えない廃材か情けない浮き草みたいなわが商売文化界にあって、これでまた本物の思想家がひとり消えたことに変りはない。昭和の「野狂」！　だが死は何ほどのものでもない。東北の津波は言うに及ばず、我々はすでに大勢の死者をもっているのである。では、千年以上前の死者、平安の野狂はどうなのか。ともあれ吉本隆明と同じく（？）反逆の詩人であり思想家であった小野篁……。ちょっと待ってくれ。篁が思想家だって？　彼は思想書など何ひとつ残していないじゃないか。

わたの原八十島《やそしま》かけて漕ぎ出でぬと人にはつげよ海人の釣舟
しかりとて背かれなくに事しあればまづ嘆かれぬあな憂《う》世の中

この二首は、まあ、利《き》いた風に、知識人の凡庸な嘆きと言ってしまえばそうなのだろうが（だが平安時代の平穏にもまた血が滲む）、ともに『古今集』に収録されている。最初の歌、隠岐への流謫《るたく》の際に詠んだほうは百人一首にも選ばれていて、私のアイドルである蟬丸の次に坊主めくりのように出てくるのだから百人一首もなかなかのものである。『今昔物語』によれば、これは、島流しの際、船旅の途中で篁の見た明石の海のことであるらしい。篁は遣唐副使にも任命されたが、正使といざこざを起こして結局乗船しなかった。乗る船が気に入らなかったなどと言われてはいるが、篁ほどの人物がそんなことで船出を拒否したりするはずがない。根はもっと深かったのだ。

篁はとうとう嵯峨上皇の逆鱗にふれて政治的追放の憂き目にあっただけではない。何てったって彼はあの裸賊だらけの地で閻魔のアドバイザーとして「地獄の井戸」に入ることができたんだぜ。そんな詩人を思想家と呼ばずして何としよう。中世イタリアの詩人ダンテもまた一三〇〇年四月八日金曜の夕刻に生きたまま地獄に入ったが、さすがに冥官ミノスや魔王サタンの助言者とはならなかった。フランスの詩人・思想家だったアントナン・アルトーは書かれたものだけが文化であるなどと考えるのはふざけたことだと言っていたのだった。

で、あくまでも地獄の井戸である。観念論的に言っても入口があれば出口があるはずなのだが、出口の井戸はすでに失われているのか、正確な場所は篁の思惑通り(?)判然としない。ある秋の日、友人が嵯峨野で狂言をやるというので見に行った。観客席は屋外にあって、落葉が時おり落ちかかる。私は何気なく振り返った。見ると同じ境内に薬師寺という小さなお寺があって、その前に見覚えがあるようなないような石碑が立っていた。「生の六道　小野篁」とあるではないか！　死から生へ、私は直感した。地獄の出口は入口の鳥辺野から京都の対角線上にあるこの辺りのどこかにあるに違いない……。篁の呼び声が聞こえたようだった。地獄から？　勿論、そうではなかった。［後で知ったことであるが、六道珍皇寺で出口の井戸が発見されたそうだが、さて、本物なのかどうなのだろう］。

4 オドラデク

カフカの小説を全部読んだかどうか自分でもよくわからないので、あまり口幅ったいことは言えないのだが、一番好きな登場人物はといえば、断食芸人というのも捨てがたいが、やはり「父の気がかり」に登場するオドラデクだろう。だけど彼ははたして「登場人物」なのだろうか。人物？　そう、哲学者ドゥルーズの言う「概念人物」という意味でなら「人物」と言っていいかもしれない。

「ちょっとみると平べったい星形の糸巻のようなやつだ。実際、糸が巻きついているようである。もっとも、古い糸くずで、色も種類もちがうのを、めったやたらにつなぎ合わせたらしい。いま糸巻といったが、ただの糸巻ではなく、星状の真中から小さな棒が突き出ている。これと直角に棒がもう一本ついていて、オドラデクはこの棒と星形のとんがりの一つを二本足にしてつっ立っている」(『カフカ短編集』、池内紀訳)、とカフカは述べているが、どうやらこいつは作者のカフカにとってすら、なんだかよくわからない、とにかく得体のしれない代物《しろもの》らしい。

少なくともオドラデクは独楽《こま》ではないし、何かのシンボルや寓意《アレゴリー》ではない。これをフェティッシュや一種の呪物に見立てようとする向きもあるようだが、オドラデクは、百鬼夜行絵巻などに描かれた、古道具などに取り憑く化け物である「付喪神《つくもがみ》」ではないし、勿論、女性のハイヒールやほっそりした脚、あるいは独身機械に愛着を覚えるあの華麗なるフェティシズム眷族《けんぞく》の一員でもない。別にフロイトの責任ではないが、なんでもかんでもフロイト流に解釈すれば事がすっきりするというものでもないだろう。我々の悪い癖である。

オドラデクは屋根裏にいたり階段の下にいたり、神出鬼没である。名前は、自分でそう名乗っているのだからオドラデクであるが、住所はとりあえず不定らしい。たまに笑うこともあるようだ。肺のない人のような声で、落葉がかさこそ鳴るような笑い声を立てる。かさこそ。かさかさ。スペインのある現代作家はオドラデクのことを心のなかに棲みついた「黒い間借人」と言っているが、私にはこちらのほうがぴんとくる。

夜のプラハの古い下水溝に捨てられた、昼間には花嫁がもっていたに違いない枯れかけのミルテの花束のように、人目につかない所に隠れている。そんな話を聞くと、昨日画集をぱらぱらめくっていて目にしたピカソの「軽業師の一座」という絵のなかにオドラデクがこっそり描かれていてもおかしくないのではないかと思えてくる。その画集はなぜか本棚から落ちてきた。それは一見、梟《ふくろう》のようにも見える小さな壺の後ろにいたりするが、あくまでも仮の姿である。それとも、もしそうであれば、この世のもうひとつの姿をリルケの長編詩のなかにでも探しに行くべきなのだろうか。

そんな話をするともなくしていたら、電信柱の蔭に隠れるようにしてHが言った、

「オドラデクって、座敷わらしなんでしょ?」

5　お月様の話

5・21。金環日蝕。黒い太陽。ソレイユ・ノワール。それとは逆に、新月なのに輪っかだけの少しの月。これがお月様の陰謀だったとしてもおかしくない。

お月様にもいろいろある。スペイン内戦で銃殺刑に処された詩人ガルシア・ロルカの詩に出てくる月は忘れがたい。赤く、大きな月。黒い馬。そして馬に揺られる騎士。だが彼は旅人なのだ！　死の塔へと向かう騎士。皮袋のなかには酒。そしてオリーブの実。風に吹かれて黒い馬に揺られている。道はわかっているのに、彼がコルドバに辿り着くことはないだろう。コルドバの塔の高みから、死が彼をじっと見つめているからだ。

私もまた血のように赤い月を覚えている。ディアーナ、ポイペ、ヘカテ。阪神淡路大震災の起きた日のその夜、避難所の学校のグラウンドで巨大な月を見た。手が届きそうなところにある真っ赤な満月が、崩れ落ちた屋根々々をまるで嘘みたいに、まるで不吉なスポットライトのように照らしていた。神戸の月。そして大量の水に洗われてしまった東北の月。

歌手トム・ウェイツの I'll shoot the moon という歌が好きだ。この曲はビート作家のウィリアム・バロウズと一緒に作った『ザ・ブラック・ライダー』というアルバムに入っている。ブラック・ライダー！　つまりこれは、ロルカに倣えば、今風の、というか六〇年代風の黒い「騎士」だったということになる。私のなかでトム・ウェイツとロルカは月光の下で馬にまたがるひとりの騎士になったというわけである。ところで、私はこのタイトルを「俺はお月様を撃ち落とす」と訳したくなってしまうのだが、嗄《しゃが》れ声のトム・ウェイツのお月様はどう考えてもへしゃげた、くしゃくしゃのお月様に違いない。

われらが神戸の作家稲垣足穂《いながきたるほ》の月はこんな具合である。

「ある夕方　お月様がポケットの中へ自分を入れて歩いていた　坂道で靴のひもがとけた　結ぼうとしてうつむくとポケットからお月様がころがり出て　俄雨《にわかあめ》にぬれたアスファルトの上を　ころころころころ　どこまでもころがっていった　お月様は追っかけたが　お月様は加速度でころんでゆくので　お月様とお月様の間隔が次第に遠くなった　こうしてお月様はズーと下方の青い靄《もや》の中へ自分を見失ってしまった」(『一千一秒物語』)。

この『一千一秒物語』には三角形のお月様も登場するのだが、昔、街をわけもなくうろつき回っていた頃、神戸トアロードの坂道を昇っていくたびにこの小話を思い出した。無頼漢みたいにカフェで飲んだくれていたのはお月様のほうだ。見ると、中天にはまんまるの月。私は殺気立った顔をしていたかもしれない。ほんとうのことを言えば、月が出ていたかどうかは忘れたが、行き先はお月様まかせ、ということだってあったのである。

6　La Pavoni のこと

西宮の夙川《しゅくがわ》沿いの南北の道を東へ曲がるその角には、私の記憶違いでなければ（おお、忘却、空白、夜明けよ！）小鳥を売る店があって、晴れた日には店の外にぶら下げられた鉄製の大きな鳥籠のなかにはいつも極彩色の鸚鵡《オウム》がいた。お喋りな鸚鵡も、キリコの絵のように人っ子ひとり通らない昼下がりには、足早に通り過ぎなくとも、私に口をきいてくれなかった。曲がり角からほんの少しお屋敷町を歩くと、小さいけれどとても素敵なスペイン風の喫茶店が民家に紛れてひっそりとあった。表の壁には La Pavoni の文字。

店に入るとたいてい客はいない。マチスやコクトーを思わせる浅いレリーフの彫られた壁。白鳥の天井画。黒いレースのカーテン。奥の部屋からラジオの音が漏れ聞こえている。しばらくすると、一見、無愛想にも見える初老の婦人が奥の間から出てくる。我々が立ち寄ると、このどことなく垢抜けた婦人はいつも黙ってシャンソンのレコードをかけてくれた。たまにロイド眼鏡の青年客が窓際に腰掛けていて、何に腹を立てているのか、何が気に入らないのか、いつ見てもしかめっ面をしてキルケゴールの本を読んでいた。本はいつも『死に至る病』だった。建物はすでに廃墟の様相を呈しかけていたし、つまりかなりぼろぼろになっていたが、奥の方へ入っていくと素敵なパティオ風の中庭があり、そこから見上げると二階の鎧戸と青空が見えた。鎧戸のペンキは、きっと剝がれ落ちて、わずかに灰色を帯びた緑色だったようにも思うが、これは私の捏造記憶かもしれない。画家の山下清が居候していたこともあったらしい。

ラ・パボーニとはスペイン語で「孔雀」のことだが、この孔雀邸のご主人だった画家の大石輝一《おおいしてるかず》は我々が通っていた一九七〇年代にはすでに故人だった。深窓の令嬢ならぬこの深奥のご婦人は未亡人の邦子さんで、往時の宝塚歌劇の女優である［これはどうやら私の思い違いらしい］。十代だった若造の我々からすれば、もうすでにお歳を召していた様な気もするが、こちらが歳をくった今となっては、そんなにお歳でもなかったのではないかと思う。我々は失礼にも「おばさん！」と気安く呼んでいたのに、この無礼な客たちにもあまり嫌な顔はされなかった。かつてはいつも書生を引き連れた谷崎潤一郎が、軽く会釈をしてラ・パボーニの前を通っていたらしいが、店のなかに入ってきたことはなかったそうだ。おばさんはそんな昔話をいつもしてくれた。

野坂昭如は小説『火垂るの墓』や他の所にもラ・パボーニのことを色々と書いているが、おばさんは、ずいぶんそっけなく野坂さんのことは覚えていませんと言っていた。野坂昭如に対して悪い印象でもあったのだろうか。震災はほんとうに多くのものを跡形もなく破壊し消滅させたが、このラ・パボーニもまた、もはや淡い夢のまた夢か、誰かの妄想のなかでしか待ち合わせをすることができない場所となってしまった。今は棕櫚の木が残っているだけである。

7　ラジオのように

一九七〇年、穴倉のような神戸三宮のジャズ喫茶ニーニー。私の耳のなかで風景は一変する。ある朝、目覚めたら世界が一変していたように。はじめてブリジット・フォンテーヌというフランスの歌手を聞いたのだ。何なんだ、これは？　何かが起こっていることがすぐにわかった。レコード自体がぶるぶると震撼して、「世界は寒い、世界は寒い」とかすれるような声で囁いている。実際、真夏でもこの寒々とした世界は鳥肌が立つほどだったのだから、すぐにレコードを買った。『ラジオのように』。ラジオのようにだって？　毎日世界が記号のように発する言葉は、壊れたラジオで聞いているようなものだったのだから、彼女が何を言っているのかすぐに理解したさ。そう、なんと言っても歌詞が凄かったのだ。

彼女は後に小説風の本も何冊か書くことになったし、ただの歌手でも作詞家でもない。シャンソンなのだけれど、作曲は徒者《ただもの》ではないアレスキー・ベルカセム、バックはアート・アンサンブル・オブ・シカゴというシカゴ前衛ジャズの猛者《つわもの》だったので、音楽的に言ってもそこで起こっていたのはまったく新しい事態だった。

ライナーノーツには今は亡き間章《あいだあきら》の名前があった。間の文章は、門外漢には何を言っているのか容易に判断できないような代物《しろもの》だったが、言葉にならない音楽をがみがみと説明しない彼の文章は誰も今まで読んだことのない音楽評論だった。彼は執拗に「季節」のことを語っていた。ああ、そうなのか、ランボーの言ってたことなんだな。「おお、季節よ、おお、城よ／無疵な魂がどこにある？／俺は魔術的な研究を行った／誰ひとり避けられない「幸福」について」（『ランボー全詩集』）。

久しぶりにレコードをかけてみる。曲のなかで彼女は「翻訳家よ、翻訳せよ」と言っているし、じゃあ、少しだけ私の好きな「夏、夏」という曲から翻訳してみよう。「そしてまだ私は生きている白い砂／目を眩《くら》ませるような／そしてまだ私は生きている　蒼白い／あえぎに満ちて／そしてまだ私は生きている　暖められた柘植《つげ》の木／麝香《じゃこう》の香りのする風／夏、夏、夏、夏」。

夏《レテ》、夏《レテ》……。夏の予感どころじゃない。今日は梅雨の合間の夏の盛りのような快晴。キーッ！　いまこの原稿を書いているとき、外で車が建物に突っ込む物凄い音がした。幸い怪我人はなかった模様。人だかりがしている。今日はちょうど祭日だった。ここでも何かが起きている。「この瞬間に、幾千匹もの猫が道路で踏み潰されるだろう、この瞬間に……」とブリジットは呟いていた。

今年で七十二歳になるフォンテーヌは見たところますます凄みを増して、いまも健筆だし歌手としても健在である。最近の歌詞より少しだけ。「おまえが力尽きるとしたら／それは湖のなか／星々が不吉な輝きを放っている／天井の蜘蛛の巣のように／それは戦争／神々と悪魔たちの／最後の最後の戦争／フォトンとニュートロンの戦争／おまえが力尽きるとしたら／それは湖のなか……」。

8　ランボーという男　上

ジャン・ニコラ・アルチュール・ランボーはフランス詩の天空を彗星のように駆け抜けた。彗星は、ルネサンス絵画に描かれたハレー彗星のように、古来、災厄の予兆を告げるものである。それともこの詩人の発した言葉の数奇な運命は超新星の爆発のようなものだったのか。大爆発を起こし、闇のなかでピカッと光ったかと思った途端にもう存在しない星。無名だった当時の少年詩人を知る数少ない選ばれた人たちはたぶんそんな風に考えたに違いない。詩人のマラルメやヴェルレーヌもそんなひとりだった。ともかく足早に通り過ぎたそれは、厄介な星だったのだ。

一八五四年にフランスの田舎町に生まれたランボーは十代の半ば頃に詩を書き始め、二十歳を越えると詩を書くのをやめてしまう。彼はご多分に洩れず反抗的な少年だったが、家出し、敗北する革命パリ・コミューンの町を歩き回った。彼の詩は誰も書かなかった言葉とリズムでできていたし、同時に、言葉の外へ、世界の外へ何が何でも出て行こうとする意志に貫かれたものだった。自分がいるこの世界には絶対に「外」というものがあるのだというこの思想は、目の前のこの世界が現に在るということへの揺るぎない「確信」と同じくらい強力なものだった。少年は世の中に心底うんざりし、絶望の底で血反吐を吐きながら、それでも世界をじっと凝視した。この場合、詩人がわずかな言葉を残せたというのはそういうことである。

残った言葉は消し去ることができない。彼は苛立《いらだ》ちのあまり自分と世界が映る鏡を粉々にしてしまうだろう。彼の幾つかの詩はだから万華鏡のように世界の言葉の断片を乱反射していた。彼は物凄く聡明な少年だったから、それを意識的にやってのけた。朝まで町をほっつき歩き、丘の上に登り、夜があけるのを待った。あちこちで呪詛の言葉を吐きながら……。まだ幼さすら感じさせる少年は、浮浪者のような生活を送ったが、彼は生きたとおりに誰も読んだことのない詩を書いた。そして奇しくも、書いたとおりに生きることになった。実際、そんなことは簡単にできることではなかった。彼の言葉の美しい響きと斬新なリズムと驚くべき思想はこうして発せられたのである。

彼は生前に詩集を一冊しか出版しなかった。おまけに自費出版だったし、代金をちゃんと払わなかったものだから、数冊が知人の手に渡っただけだった。これが有名な『ある地獄の季節』である。彼は当時のフランスの最高の詩人たちとつき合っていたが、彼らに喧嘩をふっかける手に負えない少年だった。きっとこれらの詩人たちにうんざりしていたのだ。

「秋。俺たちの小舟はじっと動かぬ霧のなかに舳先《へさき》を上げ、悲惨の港へ、火と泥で汚れた巨大な都市へと向きを変える。ああ！　腐った襤褸《ぼろ》ぎれ、雨に濡れたパン、酩酊、俺を磔《はりつけ》にした千の愛よ！　それなら終わりというものはないだろう」（『ランボー全詩集』）。

9　ランボーという男　中

最初にアルチュール・ランボーを読んだのは中学生の時だった。訳は小林秀雄で、言うも恥ずかしいことだが、ただの本好きな子供が生意気な文学少年になりかかっていた頃である。人並みに（これは謙遜である）大きな衝撃を受けた。ニューロン（神経）爆弾だった。当時この衝撃は紛れもない希望だと思ったはずだったが、本当にそうだったかどうかは、そしてその後私がどうなったのかは神のみぞ知るである。本が、音楽や絵画やもっと馬鹿げたことと同じように、人の一生の方向を決定づける出来事となることがある。それはありうることだし、確かにそうである。すでに手遅れだし、取り返しがつかないのだ。

だがしつこく文学や何やらを読み続けていた私は、三十歳を過ぎた頃、ランボーを意識的に遠ざけることになった。他人事みたいに言っているが、実はそうではない。彼の詩も彼についての本も一切読まなくなった。なぜだったのかは正確なところは今でもよくわからない。ところがずっと後になって原文で読み返してみて、あらためて私は二度目のショックに見舞われることになる。完全なお手上げ状態だった。いい歳をして、そのために私は結局彼の作品を翻訳するはめに自分を追い込むことになった。私の青春は終っていたのか？　勿論だ。ある意味では……。『ランボー全詩集』などという本をつくったのは、そんな風にしてランボーに降伏宣言をするためだったのかもしれない。無条件降伏、この場合は、甘美な響きだ。人生にはたまにそういうことだってあるだろう。

なかでも彼の書いた散文詩「ある地獄の季節」と「イリュミナシオン」はかつて書かれた最も美しく最も謎めいた散文詩のひとつであるとあらためて思った。何憚ることなくそう断言できる。おまけにこんな代物を十代後半の無名の若者が書いたのだから、そしてその後すぐに書くのをきれいさっぱりやめてしまったのだから、これは尋常なことではなかった。だからその点でも、青春が嫌いな若者たちにとってもランボーはうってつけの詩人であることは請合ってもいい。なぜ詩人は二十歳で文学を捨てねばならなかったのか？　それについては多くの頁《ページ》がさかれてきたし、私もそれを考えなかったといえば嘘になる。

だが一方で、今はこんな風にも思う。あれほどの作品を書いたランボーに、いったいその後どんな作品を書けというのか！　ランボーであれ誰であれ、後の人間たちがどう言おうと、人の一生などそんなものなのではないのか。二十世紀ポルトガルの詩人フェルナンド・ペソアは、明晰であることは自分自身にしっくりしないことだと言っていたが、確かにランボーはこの上なく明晰であったし、自分に対してしっくりしていなかったに違いない。だから彼は自分自身からも自分のいる場所からもいつも本当に脱出するようにして、そうとしか言いようのない詩を書いたし、書くのをやめたのだ。

10　ランボーという男　下

アルチュール・ランボーが詩を書くのをやめたのは齢《よわい》二十歳を過ぎた頃だった。同じフランス出身の作家ポール・ニザンは「俺は二十歳だった。それが人生で一番美しい年齢だなどとは誰にも言わせまい」と書いたが、それより半世紀前、ランボーはいったい何歳の時に同じような科白を吐きたかったことだろう。ランボーがかつてパリやロンドンやフランスの田舎をうろつきながら書いた詩には、すでにいたるところに「出発」と出発した後の幻滅が、きらめくように、砕け散った切子ガラスのように、あるいは怒号のように鏤《ちりば》められていたが、今度こそ彼は本当に出発するだろう。

ランボーはヨーロッパ中を放浪し、最後にアビシニア（現在のエチオピア）の砂漠へと至り着いた。キャラバン隊を組み、月の砂漠を駱駝に乗って。だが彼はどこにいようと、フランスにいたときでさえ、辺境にしか、異郷にしかいることのできない人間だった。そして病に倒れ、右脚を切断し、三七歳で死の時を迎えることになるまで、故国の地を二度と踏むことはなかったのである。かつての天才詩人はこうして砂漠の武器商人となった。「君の便りを待っている、首を長くして」、彼を知っていた誰もが最初はそんな風に思ったに違いない。そのうち彼は忘れられた。

ところが、ランボーがアデンを後にしてハラルに到着していた頃、まずパリの雑誌『リュテス』誌に初期詩篇が、そして三年後の砂漠へと出発した年に、『ラ・ヴォーグ』誌に「イリュミナシオン」

の大部分と「ある地獄の季節」が突然掲載される。アフリカにいるランボー自身にはあずかり知らぬことだった。十代の頃なら、喜びにしろ落胆にしろ、それに対して何らかの反応を示したところだろうが（実際、当時、彼は自分の詩集の出版を望んでいた）、ランボーは眉一つ動かさずそれを完全に黙殺する。

彼は詩を捨てたのだ。文字どおり。故国フランスを捨てたように！　だが詩を捨てるとはどういうことなのか。誰もがそう考えたように、これは異常なことだった。なぜそんなことがあり得たのか。彼は詩を裏切ったのか。どうしてこれがそれほどまでに重大なことなのか。それほど彼がかつて書いたものは、誰にも到達できない言葉の極点を示すものだったということなのか。文学者や批評家の膨大な量のインクがこうして飽きずに費やされることになる。だがランボーのどの出奔にもロマンチックな風情などない。少なくとも通常の意味では！　はじめからランボーには「ざらついた現実」しかなかったのである。

自分の外《そと》に二つの人生があったのか。たしかに、ひとつの生には他の多くの生が帰せられる、と彼自身が言っている。だがこの二つの生を生きたのは、紛れもなくただひとりのアルチュール・ランボーという男だったのである。

「小道は険しい。丘はエニシダに覆われている。大気はじっと動かない。なんと鳥たちと泉は遠いことか！　このまま進んでも、あるのは世界の果てだけだ」（『ランボー全詩集』）。

11　ヘルマン屋敷の風の又三郎

記憶のなかの登場人物は時間を知らない。これらの登場人物たちは「私」の記憶を捏造することがある。本の登場人物だって例外ではない。私の場合は、宮沢賢治の風の又三郎が、まだ彼のことを読む前の幼少期の記憶のなかに入り込んでしまったようである。

三歳くらいの、ある嵐の晩だった。私は長屋の狭い部屋で独りでお留守番をしていた。吹きすさぶ雨と風で表の大きな枇杷《びわ》の木が狂ったように揺れていた。稲妻が光るたびに、恐ろしい蒼白い影が窓に映し出される。布団のなかに潜っていても子供の目にはちゃんとそれが見えるのだった。そしていつしか私の記憶のなかで、おかっぱ頭の、ちゃんちゃんこを着た風の又三郎が、枇杷の木の枝に腰掛けてこちらをじっと見るようになった。あんなに雨が降っていたのに又三郎はちっとも濡れていなかった。

次に又三郎が目の前にちらちらし出すのは小学生の頃だった。山の麓から住吉川の側を少しだけ登るとヘルマン屋敷と呼ばれる広大な廃墟があった。探検場所が遊び場に他ならなかったわれわれ当時の子供たちにとって、ここはなんとも言いようのない場所なのだ。幽霊が出るという噂だったし、ヨーロッパのお城の廃墟のようだったし、素敵な青銅のライオンの把手がついた鉄格子の地下室だってあった。それにここに住みついたある画家が、精神に異常をきたした自分の息子を地下牢に閉じ込めていたという話だってまことしやかに囁かれていた。

ここはもともとドイツのシーメンス社の極東支配人だったヴィクトル・ヘルマンの建てた広大な屋敷跡である。それだけではない。ヘルマン屋敷はシーメンス事件の舞台となった場所なのだ。時の山本内閣が総辞職した、大正初期の日本海軍による大疑獄事件である。事件にまつわる二度の不審火による出火、その後の第二次大戦の空襲による破壊で、建物の大半は崩れ落ちてしまっていた。残された壁に見える暖炉の残骸を数えてみると、たしか十三個はあったはずだから、子供心に「でかい家だなあ」と思わずにはいられなかった。空気の通風口のようなものがあって、その中で水晶を拾ったりした。

われわれはあちこちを走り回って、かくれんぼをした。鬼は誰だったのか、鬼はとっくに家に帰ってしまったのか、それともいまだに鬼をやったままそこにいるのか、今となってはもうわからない。見たこともないような洒落た大きなバルコニーがあった。あちこちにシロツメ草が咲いていたし、いつも風が丘から丘へぴゅーぴゅー吹いていた。陽が沈みかける刻限、バルコニーに立っていると、ハレーションを起こしたようなまぶしい光のなかで、向こうの雑木林を又三郎が駆け抜けていったような気がした。彼は、どこからかやって来て、いつとも知れずまたどこかへ引っ越してしまった転校生だったのだろうか。

12　ジャン・ジュネという作家

あらゆる時代を通じてただひとりの作家が書いているだけである、というようなことをどこかでプルーストが言っていたように思うが、それは、ますます深まる一方の歴史の闇を背景にして、ある時この作家はダンテであり、またある時は紫式部であり、鴨長明であり、シェイクスピアであり、セルヴァンテスであり、芭蕉であり、ドストエフスキーであり、プルーストであり……ということになるのだろうか。年齢不詳の一匹の怪物が筆を手にし、夜を徹して世界をじっと凝視し続けているというわけだ。おまけにこの怪物は文章がうまいときている。

そこまで偏執狂的に考えることはないって？　そんなこと言ったって、なるほど面白い作家は沢山いても、実際、真に重要な作家は一握りしかいないじゃないか、と柄にもなく啖呵を切りたくもなるが、ジャン・ジュネという二十世紀フランスの作家は紛れもなくその一握りに属していた。彼はまるで「不正の神秘」（聖パウロ）が逆立ちした英雄伝説を地で行くみたいに生きたし、筋金入りの同性愛者であったし、わが国にも三島由紀夫や澁澤龍彦といったエロチックなジュネ作品への熱烈なファンがいるが、ジュネの真骨頂は勿論エロチシズムだけではなかった。

孤児として生まれたこの未来の大作家は非行を繰り返し、泥棒になった。軍隊を脱走し、ヨーロッパ中を放浪する。もの凄く凝った文章からなる『花のノートルダム』という小説を獄中で書いて作家になった。何度も捕まり、とうとう累積刑のために終身刑になりかけたとき、コクトーやサルトルやコレットといった著名な知識人の請願によって大統領恩赦を勝ち取る（当時のフランスはなんとも寛容な国である）。こうして彼は自由の身となったが、やがて小説を書くのをやめてしまう。今度は戯曲を書き始め、芝居に熱を上げる。演劇の季節が終わると、政治の季節がやって来る。アメリカ黒人解放運動のブラック・パンサーやパレスチナ・ゲリラと連帯し、彼らと生活を共にする。そして遺作となった比類のない回想録『恋する虜』を書き上げたのである。ジュネという作家の尋常ならざる屈折ぶりは、彼の文章のなかで、二十世紀文学の最も高度で謎めいた屈折となった。

彼は実質的に最後まで住所不定だったようだが、パスポートの住所欄にはガリマール（フランスの権威ある大手出版社）の住所が書いてあった。家はいらないのかと尋ねるインタビュアーに「自分に必要なのはルネサンスの城館だろうが、私の印税では無理だろ」と答えている。だがジュネの最初の小説『花のノートルダム』の眩暈のするような文章を翻訳したとき、たとえ彼がお尻の話をしていようとも、まるでルネサンスやバロックの美しい大伽藍《カテドラル》のなかを彷徨っているような気分になったのも確かだ。彼の関心を引いた女性が、聖母マリア、ジャンヌ・ダルク、マリー・アントワネット、キュリー夫人だというのもなかなかパンクである。

13　愛の闘牛《コリーダ》

昨日、映画監督大島渚が亡くなった。昨年の若松孝二の訃報もまだ耳に新しい。急いで『大島渚著作集』をぱらぱらとめくってみる。少し頭がくらくらする。深夜にたまたま友人に電話したら、彼は大島の昔の映画を見ている最中だった。大島渚を追悼していたのだ！　人は彼らが「反骨の人」だったと簡単に紹介し、回想をすませてしまうが、そんなに簡単なことじゃない。簡単ではないことを、あらゆる書き手たちが簡単に言ってのけてしまうことには、どこか白々しいところがある。やっつけ仕事のように、ルーティンのようにそんな事ばかり繰り返していると、あちこちが空洞だらけになる。空洞に落っこちるのはわれわれひとりひとりである。

日仏合作映画『愛のコリーダ』を封切り当時、パリの映画館で見た。仏題（L'Empire des sens）は ロラン・バルトの有名な日本論『記号の帝国』（L'Empire des signes）をもじったものだ（二つある翻訳はなぜか『表徴の帝国』、『記号の国』となっている）。全学連も俳句も「記号」であり、帝国の中心には皇居という空虚がどんと鎮座ましましている、というあれである。聡明で心優しい作家バルトの日本びいきのなせる技、名人芸のような本だった。フランス人だから俳句がわからないなどと思ってはいけない。『嵯峨日記』をはじめとして、芭蕉のフランス語訳など、なんて言えばいいのか、とても見事なものが幾つもある。フランス語では五・七・五は無理だから、そんなものは俳句じゃないと言いたい人もいるだろう。でも言葉の意味と、それに「リズム」自体は翻訳可能なのだと翻訳家の端くれでもある私としては、ここでそっと言い添えておきたい。それだけで十分なときもある。さもなければ世界の詩を読むのに、世界中の言語に熟達しなければならなくなる。そんなことはこの世の誰ひとりとしてできっこないでしょ。

『愛のコリーダ』の主演の藤竜也だったか殿山泰司だったか、局部がスクリーンに大写しになったとき、フランスの観客はみんなどっと笑った。フランス人たちはみんな楽しそうだった。男性、女性。そうでない人も。ひとりで見に来ていた私も笑った。観客席も愛の闘牛場なのだ。後に日本でスチール写真集が猥褻文書として告発されるなどとは、そのときの雰囲気からしてもお笑い草だった。猥褻なのはいったい誰だろう。大島渚自身はといえば、「猥褻なぜ悪い」と怒った。たしかにそのとおりだけれど、この映画が「芸術」であってもちっとも構わないと私は思っている。当時、「芸術」などと言うと、それでは敵の論理に自らを売ることだと目くじらを立てる人がいたが、芸術だってそんなにやわなものじゃない。本当のことを言えば、映画が芸術でも猥褻でもどうでもいいじゃないか。それに猥褻は秘密にしなきゃね、と誰かさんも言っていたっけ……。近々、ジュネの『泥棒日記』を讃えて、高校生の頃に見た大島監督の『新宿泥棒日記』をもう一度しっかり見直そうと思っている。

14　ユダヤの詩人

私が初めてひとりで翻訳した本はユダヤの詩人エドモン・ジャベスの『問いの書』だった。経歴からしてすでに想像を絶していた。彼はエジプト生まれのイタリア国籍のユダヤ人で、フランス語を母語としていた。カイロに生まれ育ったジャベスはエジプトで幸せな生活を送っていたが、ナセル政権のユダヤ人追放令で突然エジプトを去ることを余儀なくされる。彼が選んだ亡命の地はイスラエルではなく、彼の言語の国フランスだった。

彼の書くものは、なんと言えばいいのか、現代のディアスポラ（離散）ユダヤの最も深い文学であると私には思えた。エジプトにいた頃に書いた詩はむしろモダニズム風の詩だったが、フランスで流謫の生活を送り始めると彼の書く作品は一変する。とても古い形式が現れる。だがそれがとても斬新な響きをもたらしていた。この形式はユダヤの聖書注釈やタルムードの文学に似ていた。砂漠の経験が一気に蘇り、それればかりか砂漠の思考は彼自身の経験をも越えてしまい、ユダヤの古い教えがまるで掌から零れ落ちる砂のように彼のなかを通過したのだと思った。彼は「書物から出てきた民」のひとりだった。ユダヤ人であることの困難と書くことの困難は、ひとつの同じものでありひとつの損耗である、と彼は言っていた。

最初にジャベスの翻訳をやった頃は、彼の秘教的な本が世界中で読まれていたとはとうてい言えない雰囲気だった。彼の詩に言及していたのはごくごく一部の批評家と哲学者だけである。だが移民の問題や民族間の衝突が激しさを増すなかで、彼の作品はようやく読まれるようになる。面食らうような、不思議な眺めだった。彼の本はけっして饒舌ではなく、むしろ彼の言葉はすべてが決定的な沈黙へ向かっているように思えたからだ。

その後ジャベスを理解するために、無関係ではあり得ないユダヤ教についての本を、古いものや秘教的なものも含めて集中して読んだ時期がある。だが私にはユダヤ教がどういうものであるのか結局はわからなかったのだと思う（他の宗教がわかるという意味では決してない）。なぜジャベスにそれほど魅かれたのだろう。彼の本は厳粛なまでに静謐で、鋭利なまでに簡素で、極限にまで吹き飛ばされた砂粒のように虚飾がなく謎めいていた。思い返せば、私の生家の隣にはユダヤ人一家の屋敷があった。ロシア名、ドイツ名、日本名という三つの名前をもつこの亡命ユダヤ人が我が家の大家さんだった。昔住んだことのある神戸のさる場所の近くにも、かつてユダヤ人村があった。そのこととジャベスを翻訳したことに関係があるのかどうかはわからない。少なくとも翻訳当時それを意識したことはなかった。

神戸の北野にはユダヤのシナゴーグ（ユダヤ教会堂）があり、イスラムのモスクがあり、カトリック教会がある。まるで一神教の三角形である。それもかなり狭い範囲に。これはどこかに似てはいないだろうか。そう、エルサレムだ。ただし気持ちのいい昼下がりに北野の坂道をぶらぶら下りてきても、機関銃の銃声も爆弾の炸裂音も聞こえない。

15　水の流れる博士

十二世紀の神学者聖ベルナルドは「蜜の流れる博士」と呼ばれたが、作家いしいしんじを水の流れる博士と呼ぶことにする。彼の作品にはいつも水の流れる音がする。さらさら。ごぼごぼ。ぴちゃぴちゃ。いしいしんじは今まで水の流れる気配のする場所の近くに住んできたらしく（こんなことは偶然とは言えない）、彼のからだのなかを絶えず水が流れ、同時に水に浮かびながら会話したり、お茶を飲んだり、飯を食ったり、鼻水を垂らしたり、小便したりしているような風情がある。彼の水は川の水や世界中の地下水だったりするが、時には枯れた泉でもあり羊水でもある。澄んだ水の上に誰に知られるともなく拡がる波紋のようでもある。そう、あたりは深閑として、ひと気はなく、かすかに動物の気配しかしない。

いしい君は、喜ばしくも、私よりもずっと若者だし、つまり聖人に列せられているわけではないが、神学博士のようなところがあるのも本当だ。最近、織田作之助賞を受賞したマッド菜園チスト。彼は作家であるが、というか作家であるからこそ、音楽が好きで耳がとても良いらしく、いつも蓄音機でレコードを聞いている。つまり耳の博士、いうなれば水の流れる耳のなかに子供が棲みついたような博士でもあるのだ。いや、待ってほしい。博士というよりも、じつはいしい君の顔は修行僧のそれである。ふざけた修行僧なのか。失礼な言い方じゃない。ふざけたような真面目さ、厳しさというものがあることくらい私だって知っている。

耳の修行僧と関係するのかどうかわからないが、彼にはすごい妙技があって、みんなが見ている前で、その場その場に合わせて、文章をすらすらと口にしながら小説を書くことができるのである。いままでも画廊やライブハウスやバーやその他の場所のイベントで小説を書いてきた。何十人もの人が見ている前でである。ダダの詩やシュルレアリスム風のものや、人を心底うんざりさせるようなものなら、私にだってその場で、みんなの前で書くことができるかもしれない。でも、いしい君の小説はそういうものではない。ちゃんとお話になっているし、破格語法だけが駆使されているわけでもなく、とても端正なところのある物語である。私にはそれが不思議でならないし、こんな芸当は誰にでもできることではない。つまり、いしい君はとても変な人なのである。これらの妙技はそのものずばり『その場小説』という本に纏められたので、その場にいなくても読むことができる。

いしい君を見ていると、一休さんの書いた『狂雲集』という本のなかにしるされた、怒り狂った、あるいは美しくもエッチな詩をいつも思い出す。彼が可愛らしくてとても頭の切れる小坊主の一休さんか、それとも自殺未遂の経験もある、大酒飲みの、乞食坊主の成れの果てのような高僧一休和尚のどちらに似ているかは別にして、水のように流れるいしい君にもたぶん哀しいくらいに激しいところがあるのだろう。

16　じゃりんこジャリ

「くそったれ！」という台詞から始まる有名な戯曲『ユビュ王』の作者であるフランスの作家アルフレッド・ジャリは、やがて科学と合理主義が輝かしい未来を高らかに謳歌するはずだった二十世紀の幕開けに、小声で「パタフィジック」という妙なことを言い始める。洒落のめした文学の科学を宣言したのだ！

ジャリはダダイストやシュルレアリストの破壊的な先駆者ということになっているが、たしかにそんな感じである。ジャリはまるでルネサンス人のように「知性の浪費」を体現した。自分たちのつくってしまった原子炉の行く末はおろか、破局的事態のまま手をこまねいている現状を鑑みれば、言うまでもなく科学は薔薇色の未来を謳歌してはいないのだから、作家だってふざけるばかりの安寧をむさぼっていただけではないのである。

パタフィジックはちょっと訳しようのない造語なのだが、言葉の対象である物事がもっている潜在的性質を言葉のなかで「想像的に解決」する科学のことらしい。何のことかわからないって？　たしかにそれはそうなのですが、そう言わずに、できれば続きを読んでいただきたい。この言葉は形而上学・形而下学からともに隔たること三千里、それを超える領域にあって、超形而上学などと訳されているが、そう言われても意味の観点からしてもどうもしっくりこない。どこか違うんだな、これが。

私だってこんな訳語を例えば本のタイトルにするのはご免だけれど、あえてやってしまうなら、「ドスン（物が落ちる音）物理学」とか「誤謬形而上学」と訳せないこともない造語である。「でぶ形而上学」と訳せるかもしれない。でぶ形而上学！　あるいはジャリんこによる「太っちょ物理学」……。

彼のどの本を読んでいただいてもわかることだが、ジャリという作家は人間の限界を突破するために新しい文学の科学（？）を造り出し、頁を造語だらけにして、さんざん人類を抑圧してきた言葉を叩きのめした勇敢な人である。最初に引用した訳語「くそったれ」の原語にしてからが、「くそったれ」と訳した方がいいかもしれない造語なのだから推して知るべしである。

ともあれ、一八九六年に芝居『ユビュ王』が初日の幕を開けたとき、この「くそったれ」という言葉から芝居が始まったものだから、客席はたちまち騒然となり、怒って席を立つ者や怒号やらで大混乱を巻き起こした。それに書割りを作ったのは、画家ロートレックやボナールだったし、客席には詩人マラルメをはじめ錚々たる人々がいたのだし、まあ、音楽については、オーケストラが間に合わずピアノの連弾でお茶を濁したようではあるが、これはまさに「野蛮な世紀」（いまも続く……）の大芸術だったのである。

ジャリの影響のもと、後に貴族やクノーなどの作家、数学者たちが旗揚げした「パタフィジック派」の辞書には、嬉しいことに日本語の表現も載っている。「臍が茶を沸かす」！　この言葉の意味自体がどうであれ、ジャリの衣鉢《えはつ》を継ぐ弟子たちのセンスもなかなかのものではないか。

17　百鬼園先生、亀鳴くや

亀は鳴いたりしない。これは内田百閒《うちだひゃっけん》の随筆の題名である。そのなかに出てくる百閒の俳句はこうである。

亀鳴くや夢は淋しき池の縁
亀鳴くや土手に赤松暮れ残り

百閒先生はこの不思議な季語を用いた句でもって、漱石門下の兄弟弟子であった親友芥川龍之介の思い出に捧げた文章を唐突に締めくくっている。これらの俳句がほんとうに主眼とするところが訃報を聞いた後の百閒の茫然自失にあったとしても、芥川の自殺は百閒にとって、ともあれ亀が鳴くほどのことだったのである。

同時代のわれらが現代作家たちにとっても百閒先生はいまでも人気者のようだが、どうも百閒の文学はファンタジーだと考えられているのではないかと思える節がある。百閒の小説はファンタジーではないし、ましてや私はファンタジーと分類されて脂下《やに》がっているような現代作品があまり好きではない。だから『冥途』をはじめとする愛惜措くあたわざる百閒文学をまったく別の観点から顧みるべきであると身のほど知らずにも考えているのである。

どこかに箍《たが》を置き忘れてきたような、それでいて頑迷固陋な百閒の世界。不気味さの余韻とユーモアを伴ったパニック以後のような作品風景は、場違いな例をもち出すようで恐縮だが、二十世紀の画家フランシス・ベイコンの言う「神経組織に直接触れる絵画」という言葉を思い起こさせる。神経システムに直接効果を及ぼす、どこかリアルな小説というほどの意味だが、実際こんなことは至難の業なのである。百閒に対して芥川自身も「君はこわいよ」と言っていたのだった。

芥川龍之介の自殺については「湖南の扇」などの珠玉の随筆があるが、白茶けた大空の下にぽつんと置かれた硬い石で出来たみたいなこれらの小品と比べるなら、谷崎潤一郎の「饒舌録」のなかの龍之介の自殺に関するくだりなどは、いくら大文章家大谷崎といえども、平凡なまでに心理主義的だし、嫌らしい饒舌ばかりが鼻についてとてもいただけない。自殺には原因や理由が色々あったにしろ、芥川君が死んだ夏は息ができないほどの大変な暑さで、余りに暑いので怒って死んでしまったのだと百閒先生は言う。

これらの日本文学の珍石のような小品のなかでも、死ぬ前の、すでにクスリ漬けだった芥川の発する「もやもや」感に溢れた「亀鳴くや」は特に全文を引用したい誘惑にかられるが、そうもいかないので、どのようにこの不思議な筆致の感触を伝えたらよいものかと考えあぐねている。

「湖南の扇」のなかの、例えば芥川家を訪問した百閒の帰るさ、百閒と芥川が玄関を出ようとすると、芥川の子供たちが前庭で遊んでいる。赤ちゃんを抱いた奥さんも玄関の外に立っている。芥川は門まで行く途中で引き返すと、赤ちゃんに「はい、はい」と言ったりして……。「何となく不思議な様な、しかし又当たり前の事にも思われた。暑い夏の日を浴びた庭土と、その上に点在した人の姿が私の記憶に残つてゐる。／門を出たら、屛際に大きな犬がゐた」。

芥川はそれからすぐに自殺した。

18　誰でもない人　ボルヘス

もちろん作家の書く紀行文にはいいものがある。だがそれらは紀行文ですらないし、旅自体も彼にとって、もはやさほどの重要性をもたないように見えることがある。悲しいかな、そもそも物を書くことは根無し草か浮き草の所業であり、作家はどこにいようと何をしようと本質的に浮浪の人なのだから、それもむべなるかなである。私にとって旅といえば、ロマン派のシャトーブリアン、スタンダール、芭蕉がすぐに思い浮かぶが、今日私が通りすがりに言及したいのは、晩年に『アトラス』という旅の本を書いたアルゼンチンの作家ボルヘスである。

世界旅行に出かけたとき、ボルヘスの目は見えなくなっていた。盲目になったのは、先祖代々、恐らく本を読みすぎたからだと私は思っているが、彼は盲人がいつも視ているぼんやりとした明るい霞《かすみ》を、彼自身の目のなかに広がる霧だけを見つめながら旅をした。きっと美しい靄《もや》なのだろう。彼にはそれ以外に何も見えないのだから、旅は彼のすべての感覚と記憶を総動員したものになったはずである。彼の魂と肉体はすべての形態の原型であり、幾何学的な直観であり、風であり水であり火であり土であり、そして光である。

ボルヘスのお供をしたのは、つまりわれわれと同じように外部の世界を見る彼の目となり、夜明けと黄昏の間の発見を分かち合ったのは、晩年の伴侶である日系人マリア・コダマさんだった。数カ国語を操る才女である彼女がブエノスアイレスの書斎で彼にしかじかの本の頁を読んで聞かせたように、旅の空の下でもマリアさんは彼が見ることができない「風景の目」となったに相違ない。そして木を見る者は木に見られている。今度こそボルヘス自身が街角の風景の断片と化し、終わりが近づくときに否応なく最後に残された言葉となり、彼自身がそう望んだように何者でもなく、誰でもない人となるように……。

ボルヘスは、行き当たりばったりに地球儀の上を指差すようにして、そこかしこの街角に佇む迷宮のミノタウロスとなった。アイルランド、イスタンブール、ヴェネツィア、マジョルカ、アテネ、ジュネーブ、コロラド、クレタ、カイロ、パリ、マドリード、出雲……。だがこの旅は盲人ボルヘスの時間の旅でもあった。彼は書いている、「私がいま話しているこの瞬間はすでに私から遠くにあるのだ」（『アトラス』）、と。現在というものは触知できない。彼は旅立つ前の日にすでにして旅先にいたし、ブエノスアイレスのレストランのなかにいて、日本のどこかにいたりする。人はいつも旅支度の最中なのだ。

死も同じことだとボルヘスは全身全霊で言っているように思える。どこへ行こうと彼は記憶の旅の途上にあり、いつも慣れ親しんだブエノスアイレスの街角にいたのではないか。私もまた街角に呆然と突っ立っている。何度も通ったはずの道なのにまったく景色に見覚えがない。煉瓦造りの塀にはスイカズラの花が咲いていて、はじめて嗅ぐような強い香りが立ちこめ……

19　文字の夢

フランスの作家ロジェ・カイヨワの『石が書く』という美しい本がある。瑪瑙《めのう》や紫水晶といった自然の石の文様のなかにイメージの驚異を探すという本なのだが、自然であれ何であれ、こんな風に「外」と「書かれたもの」が、そう言ってよければ非人間的に、つまりこの猛暑のさなか、汗臭さを免れて、「天使的交通」を果たしているようなものはないかしらとずっと思っていた。するとちょうど京都のギャラリーの宮脇豊さんからとんでもない文字作品を教えてもらった。福田尚代《ふくだなおよ》の回文（前から読んでも後ろから読んでも同じ文）詩である。これはカイヨワのように自然のなかに石の夢を見出すのとは反対に、文字の夢を、いってみれば虚空のなかで捕獲するような行為である。「書く」ということがこれほどありえない道程を辿るというのはそうざらにあることではない。因みに福田さんは美術家でもある。

死に耐えきれぬ燃えさしの右の腕縛り
この喪に泣いていた夜
泣くな　文字の渦　無へ消え　無数の字もなくなるよ
たいてい何も残りはしない

かの君の詩さえも　濡れ消えた虹
（『寡婦と香草』、私家版）

清音表記で読んでほしい。当然、逆からも。まるで万葉の言葉のようだ。「しにたえきれぬもえさしのみきのかいなしはり／このもにないていたよる／なくなもしのうすむえきえむすうのしもなくなるよ／たいていなにものこりはしない／かのきみのしさえもぬれきえたにし」。この詩人には数冊の回文詩集があるが、禅問答のような問いと答えがちゃんと回文になっているという驚天動地のものもある。問いは正座し、答えは逆立ちしている。不可能だ！

言葉は粒だっているが、この粒子はどこから集められるのだろう。私には彼女がどのようにやっているのか、どうやって頭と尻尾をつかむのかわからないが、詩人のなかには耳の聞こえない音楽家や目の見えない彫刻家のような人が住んでいるのだろう。それほどこれらの詩文にはべったりと虚空の風の便りやら空虚のなかの幾何学の感触やらがこびりついている。どうやって何もない空間に文字の彫刻を彫るのか。何も摑むことのない手でどうやって虚無の文字を掌《てのひら》からさらさらと零《こぼ》すことができるのか。ナバホ族の砂絵やチベットの砂曼荼羅のように……。

そんなことを思っていると頁の上から文字がふわふわと漂い始めて、もう一度混沌《カオス》へ戻ってしまう。「流れだしたわたし誰かな」。なかれたしたわたしたれかな。私は誰でもないのだから、反対向きに再びカオスの渦のなかに戻って、流れの下に潜らねばならないだろう。

20　暑さのあまり鬼のことなど

ジャン・ジュネは日本にやって来たとき、全学連を別にすれば、お盆にいたく感動したらしい。盂《う》蘭盆《らぼん》。しばしの間、死者たちに命を返してあげる……。ジュネはこの曰く言い難い不在のまわりに築かれる一種の生死のゲームが気に入ったらしい。何しろ元泥棒である世紀の大作家が特別待遇で仰《おっしゃ》ることである。ないがしろになんかできない。たしかに世界にあまり類のない静かなお祭りである。

今年もお盆がやって来た。それで私も死者のことを考えた。お盆の日は所によってまちまちだが、ともあれ八月十五日は終戦の日でもあるし、なぜかカトリックでは聖母マリアが昇天した記念日でもある。どれもが死者にまつわることに変わりはない。夏には人が大勢死ぬばかりでなく、死んだ人が帰ってくるというのは、だからなかなかよくできた理屈ではないか。死者たちにも往ったり来たりする通路があるのだ。なぜかほっとする。われわれもまたこの隘路をいつか通ることも避けることもできるからだ。

ここのところずっと京都にいる。京都の松原はお盆のメッカである。六道まいり。近くには、前に書いたが、小野篁が閻魔に会いに行った地獄の井戸だってある。六道とは、地獄・餓鬼・畜生・阿修羅・人間・天上のことであり、どれも輪廻を免れていない。つまり天上人といえども、煩悩から解き放たれてはいないのだ。残念でした。じゃあ、鬼なんかはどうすればいいのかなと思ってしまう。私には民俗学の知見をここで披露することなどとてもムリだけれど、地獄や餓鬼道に堕ちたのならまだしも、鬼が妖怪であるとすれば、六道から外れた「外道」は供養されないのだろうか。

日本の鬼はどこか悲しげだ。大江山の鬼。赤鬼、青鬼。僧源信をたぶらかそうとした羅刹谷の鬼女。御所の内裏のなかにさえ出没した鬼。渡辺綱が一条戻り橋の上で切り落とした毛むくじゃらの鬼の手首。この恐ろしい手首のイメージは、幼少の頃以来私のトラウマになっている。『今昔物語』や『大鏡』にも鬼が出てくる。それらの鬼の棲家は鬼殿《おにどの》という。元は人間だった奴もいる。赤い襦袢が夕方になるとひらひら家の回りを飛んだ。実際にそんな鬼殿の一つは発掘されていて、X条西洞院にある。よせばいいのに、夕暮れどきそこへ行ってみたことがある。差し障りがあるので詳しくは言えないが、少しばかり異様なものに遭遇してしまった。鬼とは対面しなかったが……。

坂口安吾の小説のこんな最後。こんな鬼もいる。「私は谷川で青鬼の虎の皮のフンドシを洗っている。私はフンドシを干すのを忘れて、谷川のふちで眠ってしまう。青鬼が私をゆさぶる。私は目をさましてニッコリする。カッコウだのホトトギスだの山鳩がないている。私はそんなものより青鬼の調子外れの胴間声が好きだ。私はニッコリして彼に腕をさしだすだろう。すべてが、なんて退屈だろう。しかし、なぜ、こんなに、なつかしいのだろう」（「青鬼の褌を洗う女」）。

21　芸術家の引退

テレビで記者会見まであったし、アニメ界の寵児の引退劇は誰もが知るところである。芸術家の内には「職人」が一緒に棲みついているのだから、その職人が体力の衰えや何やらのせいで引退し、アニメという「産業界」から退くというのなら話はとてもわかりやすい。だがはたして「芸術家」には人に声高に宣言できるような引退というものがあるのだろうか。彼はどのように自分の過去に別れを告げるのだろう。ポルトガル映画の巨匠マノエル・ド・オリヴェイラはまだ百四歳で現役であるし［二〇一五年、一〇六歳で没した］、なぜか映画監督には高齢の名匠が多い。彼らは死ぬまで映画を撮り続けていたし、これからも撮り続けるだろう。若くして自殺した監督もいるが、それが悪趣味であるかどうかは別にして、自分の死の現場を撮っていたフランス人すらいる。そこまでしなくても、人生と映画は切り離しにくいものであるからだし、そのようにしかできなかったが故に彼らはすぐれた映画監督なのである。

人の一生は様々である。難病だったり元々蒲柳《ほりゅう》の質の少年少女が三十歳まで生きたとしたら、彼や彼女は立派に生きたのであり、三歳で死のうが十代で死のうが八十代で死のうが彼らはともかく「長生き」したのである。もっと違う人生もある。ヘミングウェイや川端康成はノーベル文学賞を受賞した後、老いの身での自殺を遂げている。夭折の無名詩人だって中途半端な生を送ったとは限らないし、禅坊主の絶筆のように本を読みながらこと切れた詩人もいる。画家もそうである。九十歳のピカソもかくしゃくとしていた。画家ではないが、一休和尚だってそうだ。だが彼らに「引退」はあったのだろうか。悪魔に魅入られたにしろ、神に召されたにしろ、有名無名など関係なしに、死が彼らのとりあえずの引退だった。

人の一生には幾つかの人生があり、幾つかのやむにやまれぬ生の続きがあるというのも本当だ。さよならだけが人生かどうかは知らないが、引退とは何かに訣別するということだ。どうやって訣別するのか。何を捨てるのか。惚れ惚れするような引退、つまり余人にはなかなか理解し難いようなある地点を通過したに違いないと思える撤退がある。

詩人ランボーである。先に書いたのでまた蒸し返すのは少々気が引けるが、そうざらにある事柄ではないのでご寛恕願いたい。天才少年詩人だったランボーは二十歳そこそこで詩を完全に棄て、その後ヨーロッパ中を放浪し、最後はエチオピアの砂漠で武器商人になった後に果てた。彼の訣別は解き難い謎を孕んでいるし後世の人をまだ悩ませ続けているが、とにかく潔くかっこよかったことに変わりはない。晩年（といっても三十代だった）フランス本国で彼の詩が有名になり熱狂的な「信者」も現れたのに、彼はその知らせに眉ひとつ動かさなかった。外国の雑誌から原稿依頼が来ても返事すら書かなかった。ランボーは振り向いたりしなかったし、引退会見などやらなかった。

22　夢千夜

人は人生の三分の一を寝て過ごしているのだから、眠りは、時計のチックタックが過ぎ去るのをただ聞いて過ごしているような空っぽの時間とはまた別のものだろう。それはわかっている。だが眠っているとき、人は何をしているのだろう。誰もが知っている体験について言えば、人は（デカルトは反論するだろうが、動物も）夢を見るのである。だけど夢が何であるのか誰も知らないというのも本当である。

十九世紀フランスの詩人ネルヴァルは「夢は第二の人生である」と言ったが、二十世紀のシュルレアリスムの詩人や画家たちはここからあらゆる結論を引き出そうと躍起になった。大まかに言えば、夢によって現実が変えられると考えたのである。勿論、一方には「無意識」を「発見した」ばかりのフロイトの精神分析の思想があった。夢が無意識の欲望や抑圧に関わるものであり、その解放であるならば、シュルレアリストたちは、夢の事象にありとあらゆる「象徴」を見出そうとする太古からの人間特有の行為を、さらに生の外側に拡大し、現実のさなかに解き放ち、その帰結を極端に推し進めようとしたのだ。

だが夢のつくり出す造形はとてもしぶといものであるとはいえ、悲しいかな、第一にそれは現実にそっくりな素材、「昼の残り物」で出来ている。つまりこの素材がガラクタだということだってあるのだし、すでに私たちにとって神秘的な象徴も含めてさほど珍しいものではなくなってしまった。詩人や画家たちがそんなに躍起にならなくとも、夢は現実のなかにまでそのまま流出しているではないか。夢のお告げは、現実の知らせとどう質的な違いがあるのだろう。あらゆる意味で、夢の終わりが現実と直接つながっているなんて、しょっちゅう私たちが体験していることではないのか。それとも夢は現実のなかを一巡し、堂々巡りとともに私たちはずっと現実のなかで眠りこけているのだろうか。夢は第一の人生である……。

十六世紀ドイツ・ルネサンスの大画家デューラーの日記には別の意味で奇妙な夢の記述がある。その情景をスケッチしているくらいだから、とても衝撃的な夢であったはずだが、どしゃ降りの雨が空から降ってくるというただそれだけの夢である。大地を揺るがすような、すべてを水浸しにしてしまうような雨なのだから、この世の終わりや大災厄といった「黙示録的」解釈を行いたくなる人もいるだろう。でもデューラーが描いたこのスケッチは「黙示録」にまつわる彼の他の作品とは似ても似つかぬものなのだ。この夢にはまったく象徴的なところがない。まったくだ！　唯一奇妙であるのは、あまりに凄まじい雨のためにびっくりしてデューラーは目を覚ますのだが、なぜか続いてさらに同じような、恐ろしいどしゃ降りの夢のなかにさらに居続けていることだ。夢から醒めたのは誰で、そのあと夢を見ていたのは誰だったのだろう。まるで一生続く長い夢のなかで時々同じ悪夢を見るかのように。

23　無限について

先日亡くなったロック詩人ルー・リードのアルバム『無限大の幻覚 Metal Machine Music』を聞きながら、今日、窓から少しだけ見える秋空の下の六甲山を眺めていたら、ふとこの山はいつまでも無限にそこに在り続けているのではないかと思ってしまった。これは錯覚なのだろうか。

シェイクスピアは、役者も我々もみんな亡霊みたいなもので、この地球自体もやがてフェイドアウトして消えてしまうと言っていたが、六甲山はなおさらそのはずである。核廃棄物だけが無限に存続し続けるのではないかという気がしてくる今日この頃ではあるが、誰もいなくなり生物も死に絶えた地球、核の砂漠もやがては太陽に呑み込まれてなくなってしまうだろう。宇宙は無限であると言われても、五次元くらいに行けたとして、それでも無限をイメージすることは出来ないに決まっている。じゃあ、宇宙に涯があるとして、その涯に障子を破るようにして指を突っ込んでみたら、指はどうなるのだろう。指は消えてしまうのか。「永遠が我々を我々自身に変える」などとあり得ないことを詩人マラルメは言っていたが、有限の涯の向こうに出てしまった我々の指は本物の無限の指と化すのだろうか。

迷宮は我々に眩暈《めまい》のような無限の感覚を与えるようだが、迷宮で迷子にならないためのアリアドネの糸が一本の糸でできていることを考えれば、それは無限ではない。だが迷宮の奥の間《ま》に潜んでいる怪物ミノタウロスから逃げおおせても、そもそも迷宮の出口が最初からなかったとしたらどうだろう。我々は数を数えてみる。どこまでいっても数が終わることはない。だが、この「潜在的」無限にすぎない数えられる数は、アリアドネの糸にそっくりなのだ。糸を伸ばせばどこまでも糸は伸びてゆくが、糸自体は無限ではないのだから。

中世のイギリスにドゥンス・スコトゥスという極めて非凡なフランチェスコ派神学者がいたが、「神の無限」はこのように潜在的なものではなく、「現実的無限」であることを無謀にも証明しようとした。これはほとんど狂気の沙汰なのだが、じつに美しい論証であるに違いない。違いない？　というのもこの難解極まりないスコラ学的議論を私は部分的には理解したつもりになっているが、すべてがわかったとは到底言えないからである。悔し紛れに一言だけつけ加えておくなら、この無限は、現代数学者ゲオルク・カントールの言う「実無限」によく似ているのである。数学のように美しい、とはよく言ったものだ。

別の風景がある。シルス・マリアの湖畔、月明かりが夜露に濡れた木々を照らしていた。枝の間には蜘蛛の巣。糸には水滴がついていて、時おり月光に蒼白く光っている。糸の上をゆっくりと一匹の蜘蛛が這っている。哲学者ニーチェはそれをじっと見ていた。この瞬間、彼は雷に貫かれるように理解した。月光も枝も蜘蛛の巣も這っている蜘蛛も、そしてそれを見ている自分自身も、この瞬間自体がそっくりそのまま無限に繰り返されているのではないか、と。

24　秘密

国家や政治が「秘密」をもつとろくなことはないし、第二次世界大戦は言うに及ばず近い歴史でさえも、世界はそれを何度となく証明してきた。だが「秘密保護法案」についての政府の陰謀と、残念ながら国民の全般的反応を見ていると、どうやら人は懲りることがないようである。何度も同じ過ちを集団で繰り返すのはこの上なく愚かなことではないのか。だが今から述べようとしているのは国家や体制の秘密についてではない。私がここで言いたいのは「こちら側」の秘密、あえて言うなら、我々が売り渡してはならない「良き秘密」のほうである。

震災と、その後に行われた経済効率に都合がいいだけの公共的区画整理によって、我々の風景からは多くの秘密が消えてしまった。神戸はまさにその負のモデルであった。街から「秘密」が、秘密の香りもろとも消滅する。万人の前では語られることのなかった幾多の小さな歴史とともに。自然災害だったのだから仕方がないと言えばそれまでだが、悲しい事態である。ここにも愚かな政治の臭いがするが、モノ言えば唇寒し、などとは言いたくない。

自然災害ではないこともある。残念なことに、今年、神戸の風景からまたひとつ「秘密」が消えてしまった。元町の老舗書店、海文堂の閉店である。海文堂はいくつかあった神戸の特色ある書店の最後の生き残りだった。品揃えが豊富だっただけではない。海文堂は独自の品揃えをやることのできた神戸「最後の」新刊書店だったのである。これは紛れもなく書店員の人たちの手腕と努力によるものだった。書物の販売には流通機構というものがあって、書店に「個性」がなければ、店頭にはよく売れる本しか並ばないのが通例である。じつに嘆かわしいことだ。「売れない本」のなかに読むべき本があることは、いちいち言わなくても、古今東西の常識というか「秘密」だからである。

紀元前にあったアレクサンドリアの大図書館は七十万冊にも及ぶパピルスの巻物を蔵していたと言われる。カエサルの軍勢が火を放ったのか、キリスト教徒が破壊したのか諸説はあれど、アレクサンドリア図書館はともあれ炎上してついに消滅した。それによって人類の叡智、すなわち膨大な「秘密」が失われたのである。だが規模は小さいといえども、海文堂の閉店を知って私が思い出したのはこのアレクサンドリア図書館消失のことだった。モノ言えば唇……。

本とは「秘密」の宝庫である。人はスフィンクスの前で必ず立ち止まり、謎かけの答を何とか口にしてみようとする。報われない業《ごう》みたいなものだ。「芸術はしっぽを出した謎である」というのはある舞踏家の言だが、たとえ頭を隠して尻丸出しであろうと、芸術や文学が「秘密」でなかったならば、じつに何千年にもわたってこんな無駄なことを人類は営々と営んだりするはずがない。いくら言葉に共通の意味があるとしても、そもそも言葉や知恵、そして勿論、美自体には「秘密」が含まれているからである。

25　病室で奇書を

去年の暮れに数日間入院していた。検査のための入院みたいなものだったから、他の患者さんたちと比べると気楽な日々だった。持っていった本のおかげで、病気も何かしら使えるものだという気がしたなどと言えば不謹慎だろうか。使えるなんて言うと言い過ぎだろう。別に何かの役に立つわけでもないのだから。読書というのは不思議な営みである。読書は悪徳だと言った人さえいる。だが病室で、私は本を読むこと以外に何もしていないのに、時間と空間の違いが一瞬わからなくなったり、時間のほうは少しばかり変質した感じがした。

ベッドの上のこの変な「場所」は、病室の独特の空気のなかで、掌に入るくらいに小さくなったり、アドバルーンのように膨張したりした。まあ、こんな与太話をして、とことん非生産的であるのは、読者も作家もお互い様である。作家のほうは何かを書いているのだろうか。書いていると言えばそうかもしれないが、物書きの端くれである私も何かを書いていて、書いているのが自分自身である気がしないときがある。これは非常に良い傾向である。

病室で夢野久作の奇書『ドグラ・マグラ』を何十年ぶりかに再読した。狂人のことが書いてある。夢のことが書いてある。歯の浮くような、嘘っぽい夢ではない。真実をさらに抉るような、たぶん人類にとって身も蓋もない、複雑怪奇な悪夢である。人間の記憶が、因縁が、悪因縁が、前世が、どのようなものであるのか、それがどこに、脳ではない場所に保存されるのかについての独創的な見解が入念に開陳される。記憶は細胞にある。脳髄は物を考えるところにあらず、ということが考え抜かれている。そして胎児が夢を見ていて、母親の胎内で物凄い悠久の歴史を辿り直しているのだということが示される。次々に繰り出される文体はじつに多様、しかもこの小説のなかでこの小説が書かれていく結構も設えられているし、ついに犯人もわからないままで、さながら魔術幻燈である。

明治二十二年生まれの夢野久作は、文弱を嫌った父のせいで大学を中退した後、様々な職業に就く。父は右翼の大物。出家もしたし、お能の先生にもなった。雑誌『新青年』に作品を発表して探偵小説家になった。「ドグラ・マグラ」という言葉は切支丹伴天連《きりしたんばてれん》の隠語だったとも言われる。文庫本で六百頁にも及ぶこの怪奇白昼夢小説は十年にわたって推敲を重ねたのだから、畢生《ひっせい》の大作だと言っていい。夢野久作はこの小説の刊行に漕ぎ着けた翌年に突然死している。

小説は「ブウウ――――ンンン」という時計の音で始まり、「ブウウ――――ンン――――ンンン」という時計の音で終わっているのだから、この複雑な知性に満ちた、怒濤のような小説は、誰かが見たほんの一瞬の夢なのかもしれない。それとも一生続いた作者の悪夢だったのか。だがそれを実際に語っているのが誰なのかはよくわからないのだ。

元旦に高熱が出た。床に臥せって夢を見ていた。私は本当に入院したのだろうか。

26　作者はどこに？

言葉は親を含めた他人や先人から受け継いだものである。ほとんどの文章は順列組合せからしてもすでに誰かが書いたものである。じゃあ、文章はいったい誰が書いているのだろう。たしか夏目漱石は剽窃《ひょうせつ》を弁護していたけれど、ここで剽窃そのものの、つまり言葉の泥棒の話をしたいわけではない。というかそれだけではない。他人から言葉をくすねるという行為は古今東西珍しいことではないし、文学者のなかにはそれをわざとやる人もいて、一種の技法や詩学にまで高められていると思える場合さえある。勿論新聞記事にもよく登場するような、人が苦労して書いたり研究したりしたものを、そっくりそのまま、さも自分が書いたような顔をして、あまつさえ金儲けのためでもあるかのようにパクって知らん顔の輩は、見下げ果てた野郎だと言われても仕方がない。そんな低級でさもしい動機は弁解の余地はない。だけど文学的影響というものなどを考えれば（厳密に言ってそれは何なのだろう）、部分的には創造と剽窃は紙一重であると断言する人もいるのである。誰から頂戴するのか、それが問題である。

でも自分から盗む場合はどうだろう。盗むという言い方は適当ではないかもしれないが、自分とは別の自分が語った言葉を、さも自分が語ったのではないようにして言葉を綴った人がいた。二十世紀ポルトガルの詩人フェルナンド・ペソアである。一八八八年リスボン生まれのペソアが、ヨーロッパにおいてさえ優れた詩人として知られるようになるまでほぼ百年が経っていた。今ではポルトガルのお札にも刷られた、二十世紀ポルトガルの最も偉大な詩人と言われる人がである。彼は生前に一冊しか詩集を出さなかったが、地味な会社員などをやりながら書き続け、リスボンの街から出て行くこともなく、「トランク」いっぱいの草稿を残して亡くなった。だが異様なのは、もしかしたら平凡といえば平凡である彼の人生だけではない。この詩人のような先例が見当たらないのはそれ故ではない。

誤解を招く言い方だが、ペソアの文章をペソア自身だけが書いたのではないのだ。彼は自分以外に「異名」と呼ばれる書き手たちを恍惚のうちに創造した。例えば詩集『群れの番人』はアルベルト・カエイロ著、『不穏の書』はベルナルド・ソアレス著といった具合である。

だがペンネームだと思ってもらうと困る。七十人以上にのぼると言われる「異名」たちはそれぞれ別の出自、経歴、境遇、あるいは文体をもっていて、体格も気質も違えば思想信条も異なっていた。すこぶる珍妙な事態である。自分、自分と喧《かまびす》しい我々からしてみれば、本当のところ、誰が書いているのかわからないだけでなく、「自分」なんてものが何なのかという鋭い問いを突きつけられているからだ。

でもだからこそまるでペソアの異名のひとりに、あるいはペソア自身になったみたいに、ペソアの魅力に生涯取り憑かれた作家もいる。数年前にノーベル文学賞を受賞したジョゼ・サラマーゴもそのひとりである。

27　詩集の年頃

詩集には年齢がないように思えるときがある。たいがいは、いつ刊行されたのかもあまり関係ない。詩集は本棚から落ちてくるか、天の下のほうから降ってくるみたいだ。それとも躓きの石のごとく道端に落ちているのか。ある意味ではそうだろう。

『ドン・キホーテ』の作者セルバンテスは字が書いてあれば拾ってまで読んだが、何もそこまでしなくても、本との出会い、就中《なかんずく》、本の中の本である詩集との出会いは全く予測不能である。不意打ちを、それも決定的なやつを食らえば儲け物だ、とかつて二十世紀の前衛詩人たちは言っていたが、その通りである。それこそ僥倖だ。だが出会わなければそれまでである。

世間ではどれも似たような最新刊の本ばかりが話題にされる。辟易としてしまうほど。私にはまったく興味がないと言えば嘘になるだろうが、ほとんどはスルーである。なぜ新しい本なのか。新しいことが書いてあるのか。旬だからだろ。旬の魚や野菜はほんとうに美味しいが、旬の本で「美味」などと言えるものがどれだけあるのだろう。美味だって？　ああ、そんなものじゃない。それに新しさって何なのか。これは古今東西、難問中の難問である。

というわけで今月は一冊の詩集に出会った。四方田犬彦『わが煉獄』。著者は著名な文芸・映画評論家だが、著名であるから出会うということでは全くない。ところで、この詩集を読めば、すべての批評家は何パーセントかは詩人でなければならないことがわかる。やはり詩集には年齢がないが、その時にしか書かれなかった、書くことができなかった詩集というものがある。

十四世紀に「地獄」、「煉獄」、「天国」からなる『神曲』を詠んだイタリアの詩聖ダンテにならって、この煉獄も三十三の歌で出来ている。こんなことを言うと作者は不本意だろうが、これらの歌は激しい哀歌である。ダンテは政争の果てにフィレンツェを追放され、戻れば死刑になるという流謫の身空で神のコメディー『神曲』を書いたが、この詩集のそこかしこにも作者が死線を彷徨《さまよ》っていたことを窺わせるくだりがある。煉獄というのは不思議な中間地帯である。我々はそこに入るのか、そこから出て行くのか。そう、これらの詩は死線という境界線上のアリアである。

火を見つめている子供は
固く口を閉ざし　置き去りにされている
世界で一番遠いところに

彼はぼんやりと考えている、風に荒ぶ港
暗い洞、犬たちの神速《すばしこ》い眼、
誰が自分を攫っていくだろう

（「暖炉」）

28　科学者たち

今、大騒ぎしている細胞事件についてド素人ながらちょっと別の角度から書いてみよう。

理科系も文科系も論文をまともに書けないのは小学校からの日本の教育の問題であるし、本人たちばかりに咎《とが》があるわけではない。成果、成果と何かの安売りみたいに尻を叩くようなことが罷《まか》り通っているが、『吾輩は猫である』の水島寒月（寺田寅彦がモデルだと言われている）なんて、博士論文を書くには十年かかると言っていたくらいである。それに科学なのだから白黒はっきりさせるべきだなどと真顔で宣《のたま》う人がいるが、科学は人跡未踏の地に踏み込んで探検しているようなものなのだから、白黒をつけることができるのはずっと後になってからでしかない。最近の事例で言えば、ガリレオに詫びを入れて、ヴァチカンが自分たちは間違っていましたと宗教裁判の決定を覆したのは、何百年も経ってからのことだった。科学が果敢に分け入って行く世界もまた、幻影が支配し、幻影と現実が交錯する世界なのか。勿論である。科学的合理主義の基盤であるらしいニュートンの『数学原理』の一般的注解という所を読んでみればいい。聖書と魔術の研究もやっていたニュートンは、この私にも理解できるこの世の物理現象の背後には、絶対的な人格神の世界が鎮座ましますなどと、いけしゃあしゃあと断言しているくらいである。

今回、ノーベル賞受賞者を頭《かしら》に記者会見にずらっと居並ぶ理研のエリートたちや共同研究者たちを見ていて、ああ、これは今のお粗末な日本社会の縮図だなと思った。誤解のないように言うと、私にもとても尊敬している科学者がいる。例えばノーベル物理学賞を受賞したアインシュタインとポール・ディラックである。アインシュタインはノーベル賞受賞講演の最中にセーターからワイシャツが半分はみ出ていたし（オシャレのためではなかったと思う）、ディラックは有名になるのが嫌だからノーベル賞などいらないとゴネてずいぶん周囲を困らせたらしい。ディラックは散歩が好きで、いつも歩きながら誰も知らない物質の究極について思いを巡らせていたが、気がつくと朝まで歩き続けて講演会の約束もすっぽかしてしまうほどだった。どう考えても彼らは研究所の「政治」などやれる人たちではなかった。それは彼らの全身全霊に関わることだったし、尊敬に値する。

寺田寅彦博士もかつて理研に在籍していた。彼を慕って多くの若手研究者がこぞって理研に行きたがったという。理研は楽園だったと朝永振一郎博士が書いていたが、そのような雰囲気は寺田博士を先達に長い年月をかけて培《つちか》われたはずだ。今回、天井が落ちるみたいに「楽園」は「地獄」になった。悲しい話である。

小学生のとき私は胸を患った。することがないので病床で本ばかり読んでいた。ヴァイオリンを弾き、随筆家で俳人でもあった寺田寅彦の本も読んだ。「どんぐり」という作品が好きだった。病気が治ってどんぐりを拾いに行った。

29　カリガリ人形

新しい仕事をするのは雨上がりの雀になったみたいだ。私は雀という柄ではないし、ちょっとしっくりこない形容ではあるが、ともあれ新鮮な大気のなかで雀たちは気持ちがいいのだけれど、まだからだはあちこち濡れそぼっていて、チュンチュン鳴くばかりでどこに行けばいいのかわからない。「新しさ」というのは、形がなく、つねに不安に取り囲まれ、寄る辺ないものである。でもこの感じは嫌いではない。

私にとっての新しい仕事は無謀にも戯曲を書くことだ。今度でまだ二度目である。今回は『カリガリ博士』をテーマにしようと考えている。映画というもの自体がまだ黎明期にあった、ホラー映画の元祖とも言われる（ホラーではない！）有名なサイレント映画、ロベルト・ヴィーネ監督による一九一九年制作のドイツ表現主義映画である。この映画の主人公たち、カリガリ博士と夢遊病者チェザーレの、それこそドイツ表現主義風のイメージを元にして舞台をやろうというのである。出来上がれば、まったく違うものになる予定だけれど。

おまけに舞台で演じることになるのは、人形と生身の俳優である。われわれの人形は、起源は文楽と同じくらい、もしくはもっと古いかもしれない糸あやつり人形である。文楽は人間の手が人形を直接動かしているが、このあやつり人形は糸によって操られる。一種のマリオネットだが、西洋のマリオネットとは人形の仕様も動きもまったく違っている。

ゲーテに「文学的決闘」を挑み、最後には自殺してしまったドイツロマン派時代の作家クライストにマリオネットについての不思議な文章があるが、そこでクライストは一次曲線だの二次曲線だのという言葉を持ち出して、人形の動きがメカニックな舞踏だということを躍起になって説明しようとしている。この段からすれば、面白いことに江戸の糸あやつり人形の動きは全然メカニックなものではない。ふにゃふにゃである。糸あやつり人形の動きは、何というか、とても繊細なのだ。名人が遣《つか》えば、などと前置きすれば身も蓋もないだろうが、無論それは遣い手の技芸によるのだろう。でも繊細であることは間違いない。それぞれの動きにはまるで重心がないかのようだし、西洋のマリオネットとは違って手足は振り子ではなく、よしんば振り子であったとしても重力に逆らうように横向きにたゆたっている。

私の脚本はきっと人形と生身の役者の戦いを描くことになるだろう。人形には黒衣《くろご》という人形遣いがいるのだから、役者と人形と黒衣の三つどもえである。誰が誰の分身なのだろう。誰が誰の主人なのだろう。いや、主人はいない。聞こえるのは分身の声、科白を大声でわめく不可視の霊的プロンプターだけかもしれない。カリガリ人形とカリガリ俳優は舞台できっと立ち往生するだろう。夢遊病者は歴史の悪夢から目覚めるだろうか。無責任極まりないが、とても楽しみである。ところで私の戯曲はまだぜんぜん出来ていない……

30　作家の人生

山の清冽なせせらぎが美しいと思う。この水は身を切るように冷たいが、美しい水をつかむことはできない。山裾に名もない一本の古木が立っていて、あえてこの木のことを彼と呼ぶとすると、この彼が私に何事かを語りかけてくるときがある。この木の美しさを絵画や写真のなかに残したいと思っても、それは私にはほぼ不可能であることがわかる。だからといって私にとって、哲学者たちが考えるようには、「自然」が美しいというところまではいかない。おおざっぱに言えば、文学にも似たようなところがある。

かつて文学批評をめぐるそれらしくも不毛な論争があった。それは書かれたものと作家の人生をまずは截然《せつぜん》と区別した。私たちの眼前にある、詩人や作家が書いた詩や作品だけが問題であり、その背後にある作家の人生など重要ではないというのである。勿論、極北に、「墓の反対側」に位置しているのは、書かれたものだけである。だがいったいそれを誰が書いたというのだろう。彼の文章には、彼の息、彼の心臓の鼓動、彼の喋り方、彼の歩き方、彼のからだつき、彼の目の動き、彼の病気……つまり彼の「肉体」、ひいては彼の「生」、「人生」がそこには含まれないというのだろうか。そんなはずはない。書かれたものだけが重要だと思わせるほどの、人跡未踏の地に達したかのような古今東西の作品に接すれば接するほど、書かれたものだけが重要であるなどという考え方には興ざめしてしまう。

だからといって、あれこれの伝記的事実が作品の秘密を言い当てるということもない。この作家がどういう経歴で、いつ何時にどこそこで何をしていたかを、重箱の隅をつつくように調べ上げられた学術的伝記などを読んでいると途中で放り出したくなる。「事実へのフェティシズム」というのも確かにあるだろうし、それは認めるが、徹底的にこだわった事実がほとんど別の詩的次元を切り開くのでもない限り、私にとってそんなことはどうでもよくなる。

十八歳でデビューし、世界的ベストセラーとなった『悲しみよこんにちは』の作者フランソワーズ・サガンが晩年の対談で面白いことを言っていた。中産階級の登場人物を通して、第二次大戦後の若者の精神状態を、男性作家には誰にも真似できないほど巧みに描き出したサガンは、若くして大金持ちになり、私生活でも、男女関係、ギャンブル、麻薬などスキャンダルの絶えない人だった。彼女は「作家のイメージ」につきまとわれた。だが誰よりも個性的だった彼女はそれでもこう言う、「なぜ私が自分のことを語らないかを説明してごらんなさいよ！」。ここにも自分のことを語る高度な別のやり方がある。それにしても批評と作品はいつもなんと遠いことか。

31　男性女性

先日、あるギタリストが、即興演奏するときに思い描いているのは、稲垣足穂の小説のイメージ、特に『一千一秒物語』なんだ、というようなことを話していた。足穂自身は自分は音楽嫌いだと言って音楽への悪口を公言していたように思うが、そのくせ彼の作品それ自体は、何というか粉々になったガラスがきらきら光を反射するように「音楽的」であると私はずっと思ってきた。だから足穂の言い草はどこか「男性的」であるように思えた。男の恥じらい？。

もっとも「私はずっと以前、小さな六角柱型の香水壜を持っていた。壜口には朽葉色のリボンが結ばれ、浮き出しの鷺がついた金色のレッテルがついていたが、内容の液体はとっくの昔に蒸発していた」という条《くだ》りから小説を始めたりするのだから、世に言う男性的とは少し違う。

足穂には『少年愛の美学』という本もある。まあ、男性女性などといっても、男性と女性の違いは男性と男性や女性と女性の違いとさほど変わらないかもしれないし、ここでジェンダーの話をするつもりはない。深遠な、あるいは人を落胆させるような類似を見つけるのも、微細な、あるいは極彩色の違いを発見するのもよしとしなければならない。

いま引用した文章は『彼等（THEY）』という小説の冒頭である。神戸で過ごした少年時代の回想でもあるのだが、文体はモダンでみずみずしく、さっきの香水壜の六角型のように鋭角的にして幾何学的である。しかも全篇を通じて、思春期の少年少女の悲劇を描いたドイツの秀作戯曲、ヴェデキントの『春のめざめ』のはっとするような透し彫りとも考えられるし、足穂の青春を髣髴《ほうふつ》させる代表作のひとつであることは間違いない。

「あの香水臭い夏の日々に、永劫回帰の夏休みに、役者ならぬを嘆いたエドムの子らにはヨブ記第三十六章十四節が当っている。自分のためには、「我なんぢの凡ての行ひし事を赦す時には汝憶えて羞ぢその恥辱のために再び口を開くことなかるべし」――まことにまことにそうあらんことを」。そんな風に小説は終っている。まことにまことに男性的な終り方である。

と、ここまで書いてきて、青春についての閨秀作家の言葉も紹介したくなった。二十世紀フランスを代表する女性作家たちである。しかも彼女たちは、足穂とは正反対のような、男性ごときには真似のできない筆致を発明した。とはいえまったく異なるこれら二人の作家の筆致が女性特有のものであるなどとはとても言えないし、こんな物言いがそもそも馬鹿げていることはわかっている。

六十六歳のマルグリット・デュラス、「あなたたちに言いたかったのだ、あなたたちに。……もし昨日死んでいたとしても、私は十八歳で死んだのだろう。もし十年後に死ぬとしても、やはり私は十八歳で死んだのだろう」（『緑の眼』）。もう一人は前回少し触れたフランソワーズ・サガン、「私は十六歳だった。私は十六歳だったことがある。私はもう十六歳であることはないだろう」（『毒物』）。

32　目の端に見えるもの

人は何かを見ているとき、本当は何を見ているのだろう。強烈なイメージなのか。そうとも限らない。何も見ていないはずのときに目の端に何かが見えることもある。前にも少し触れたが、ピカソの『大道芸人の一座』という絵がある。砂漠か荒地のような不毛の地で、旅の一座は次はどこへ行こうかと思案に暮れているらしいのだが、へたり込んだ女性のかたわらには水甕か壺のようなものがある。この絵のなかで、他のものと比べてどこか非現実な感じがするこの甕が前々からひどく気になっていた。

例えば、レンブラントの絵の豪奢な衣裳の縁飾りや、モローの絵の神話的人物が纏う装飾品も同じように気になるが、これは目の端に見えているものとは違う気がする。こんなことは無意味な妄想にすぎないのであろうが、妄想だらけの文学についても同じようなことが言えるかもしれない。

古典とは誰もが名前を知っていて誰も読まない本である、と言ったのはヘミングウェイだったと思うが、古典と聞いて何もしゃちこばることはない。すべての古典を二十世紀の前衛文学と同列に読んでも構わないとすら私は考えているほどである。古典は時の風雪に耐えただけではなく（それだけでもたいしたことだ）、その貧相な細部においてすらとても豊かなものなのである。さっきのピカソの甕ではないが、物語に彩りさえ添えず、ほとんど見過ごされてきたのに異彩を放っている登場人物もまた時の試練のなかにいるかのようである。

新約聖書の四つの福音書は同じ出来事を扱っているだけに、だいたい同じようなことが描かれているが、最も古い「マルコによる福音書」には一カ所他の福音記者たちが却下し無視した出来事が記されている。キリストが逮捕された時に起きたちょっとした出来事である。弟子たちが散り散りになって逃げるなか、一等最後まで逃げなかった青年がいた。彼は逃げる際に官憲によって衣をつかまれ、素っ裸になって逃げたというのである。これは聖マルコ自身のことであろうと聖書の註釈家たちは述べているが、この微笑ましくも思える小さなエピソードは、しかし作者の筆が滑っただけの余談といっては済まされないものを含んでいるようにも思う。

あるいはギリシア最古の文学、ホメロスの大叙事詩『オデュッセイア』に登場するアルゴスという犬はどうだろう。乞食に身をやつし、大冒険の旅から密かに帰還し自分の館に到着したユリシーズに誰も気づく者はいない。だがこの賢い犬アルゴスだけはそれが自分の大好きな主人であることを知っていた。それでも主人の帰りを待ちわびたアルゴスはもう力尽きていた。汚穢の上に横たわりシラミだらけになったアルゴスは力なく尻尾を振るだけで、主人に近寄ることもかなわずすぐに死の手に委ねられるだろう。『オデュッセイア』を書いたのは誰か、ホメロスはいったい誰だったのかという大論争が紀元前の古来より戦わされてきたが、そんな大問題より、私はこのアルゴスという犬を見たことがあるような気がしていつも心から離れないのである。

33　誰が書いたのか？

前回、ホメロス作の古代ギリシア長編叙事詩『オデュッセイア』に登場する立派な犬のことに触れたので、ついでに作者自身のことをもう少し述べてみよう。この『オデュッセイア』や『イーリアス』を書いたホメロスとは誰だったのか。彼の正体とは？　この問題については、紀元前の昔から今にいたるまで大論争が戦わされてきたし、これらの詩の文章が、書かれたものではなく元々吟遊詩人たちの歌う口承であったと主張する人たちが現れてから、さらに論争に拍車がかかった。

やれホメロスは存在しなかった、やれホメロスは象徴であり、ひとりの人物ではなかったなどということが、論争家たち（そういう人たちがいたのである）によって、喫緊の問題でもあるかのように、まことしやかに大論争の種となった。十九世紀、二十世紀の文学研究においてもこのことはけっして軽んぜられるテーマではなかったようである。

だがこの論争はどこか変である。どこかあほらしいところがある。

これこれの文章は夏目漱石の作だったと言われれば、私たちは何かを納得し知ったような気になる。それは確かである。なぜかと言えば漱石がどんな人で、どんな顔をしていたか写真で見てみんな知っているからである。だがこの文章はAさんによって書かれたと言われればどうだろう。何もわかった気にならない。これも確かである。だがよくよく考えれば、漱石が書いたと言うのと、Aさんが書いたと言うのには、何ら定義上あるいは質的な違いはないのである。漱石と聞いて、すでに作家のイメージにとらわれている私たちはわかった気になって安心しているだけである。ではAさんとホメロスにどんな違いがあるだろう。ホメロスは大昔の人だし、Aさんは未知の人なのだし、二人とも写真もないのである。

だがホメロスは存在しなかった、などというのはどうだろう。だって名前はどうであれ、あれらの叙事詩は存在しているじゃないか。たとえこれらの詩が吟遊詩人たちによって歌われた古い伝承の寄せ集めだとしても、それを編纂した人がいたのである。彼は立派な作者である。現代哲学が声高に語った「作者の死」、作者とは誰でもないという考えは、こんなことを全部わかった上でのことである。

ここにひとつの見事な解答を述べた人がいる。アルゼンチンの大作家ボルヘスである。さすがボルヘスだ。彼はホメロスとは「不死の人」だったと言うのである。『エル・アレフ』という短篇小説集のなかにそれはある。永久に死ねないことは大変な苦しみだろう。ではたして文学の言葉も不死なのだろうか。ぜひじっくり読んで頂きたい。ボルヘスは最後にこう述べている。「かつて私はホメロスであった。やがて私はユリシーズのように誰でもない人になるだろう。私はすべての人になるだろう。私は死ぬだろう」（『エル・アレフ』）。

34 手術

心臓の大手術に立会った。立会ったといっても、待合室で長い時間を過ごしただけだが、外ではしだいに風が強くなって、台風の接近による嵐の気配が迫っていた。手術台の上に寝かされていたのが誰であるかは伏せておこう。少なくとも手術台の上にいたのは私ではなかった。

ロートレアモンという十九世紀の無名作家は「手術台の上でのミシンと蝙蝠傘の不意の出会いのように美しい」と書いたが、もはやこれは二十世紀になってシュルレアリストたちに顕揚されたような超現実的なイメージではない。

私は想像してみる。手術台の上で、チューブやパイプや電極だらけになった体は様々な機械に接続されている。昔でいえばミシンであり、蝙蝠傘のようなものもあるだろう。機械のなかの幽霊はあちこちに出没し、手術室をうろついているだろう。手術代の上のサイボーグにはまだ血が循環しているが、冷気漂う手術室には色んなランプが点灯し、信号が発せられ、医師たちの集中はほとんど肉体の物理的限界を超えているはずである。執刀医の交感神経の最高度の緊張、それが高波のように押し寄せ、あらゆる繊細さ、あらゆる技芸が一度に総動員される。ミシンと蝙蝠傘様《よう》の幻影は空中を飛び交っているはずだ。医師と看護師の体はほとんど半透明と化しているかもしれない。

そして心臓が取り出され、動きが止められる。切開された穴に仮の死が導き入れられる。ほんものの死ではない。いよいよ手術の本番である。心はどこにあるのだろう。体は微動だにしないまま、人工心肺によって動いている。肉体は矛盾のまっただなかにあるはずだ。生命は、生物学的な生命は、昏睡の向こう岸でどんな手品を行っているのだろう。

私には何もわからない。待合室のソファに腰かけたり寝転んだりしているだけだ。本を読んでもただ行を目で追っているだけ、お茶を飲んでも飯を食っても、飲んだり食ったりしているだけである。私は厳密に何もしていなかった。手術室のなかの荘厳さには残念ながら近寄ることができない。

手術は成功したと医師に告げられた。医師の顔は蒼ざめたまま上気しているように思えた。彼の説明は明晰で熱っぽかった。八時間が経っていた。台風の迫る外の闇のなかに一瞬光が射したように思った。そのはずだった。網膜の後ろに小さな光の穴があいていたに違いない。なぜか子供の頃に家の本棚にあった古い『中原中也全集』の茶色に焼けた背を思い出した。

秋の夜は、はるかの彼方に、
小石ばかりの、河原があつて、
それに陽は、さらさらと
さらさらと射してゐるのでありました。

（「永訣の秋」）

35　郷愁

人はどんなときに郷愁を覚えるのだろう。自分とまったく関わりのない遠い過去のあれこれにも郷愁を覚えるのだろうか。時間というものはあまりにも茫洋としている。どこからどこまでが過去なのか。それは誰の過去なのか。「私」というこの曖昧な「悪癖」は過去のなかに今も確固たる場所をもっているのだろうか。時間の旅人は途方に暮れる。いつも手遅れだ。つねにすべては遅きに失するのだから。

一日のうちにもとても曖昧な刻限がある。壁が薔薇色に染まり始める刻限。未来の時間は向こうのほうからやって来て、淡いピンクになった古い壁の続く黄昏の道に沿ってすでに消えてしまっている。時間が生み出す郷愁というものがあるとすれば、それは過去をも包み込む現在というぼんやりとした時間にあいた穴のようなものかもしれない。この穴は物だったり、そうでなかったりする。

道を歩いていると、不意に忍冬《すいかずら》の香りがしてくる。私がこれに郷愁を覚えるのは、何かの本のなかで忍冬の描写が私をどこかに攫《さら》っていったことがあったからだろうか。それとも少年の頃に山の小道で忍冬の甘い蜜を吸ったからなのか。ある日、しょっちゅう通っていた道なのに、道はまったく違ったように見える風景のうちに別の姿を現し、まったく違った空気のなかでひっそりと静まり返ることがある。忍冬の白い花が塀から顔を覗かせているのが見えた。だがこんな記憶は他人の記憶といったいどう違うというのだろう。

ソ連の映画監督タルコフスキーの『ノスタルジア』という映画では、亡命者の郷愁はそのまま詩の郷愁であり、彼の生きた苦難であり、世界の終末への郷愁と見分けがつかなくなっていた。そこまで大袈裟でなくても、散歩するだけで世界への郷愁を、それどころかこの天体、もしかしたら別の天体への郷愁を感じる人だっているかもしれない。

あれほど読まれたのに、残念ながら最近ではそれほど読まれている気配のない十九世紀の大詩人ボードレールは、「人生はひとつの病院である」と言っていたが、憂鬱な彼も時々そこから抜け出すために、都市計画前の汚いパリの通りをぶらぶら歩くのを好んだ。群衆こそが逆に孤独な彼の領分であり、移ろいゆくもののなかに彼のあえかな所在と郷愁を喜びとともに発見したらしいのである。

ボードレールは群衆に紛れる。だが、「世界のすべてを見ながら、すべての中心にありながら、人々の目から隠れていること」と彼は書いているくらいだから、ヒロイックな自我崇拝者にも見えたボードレールも自分を消してしまいたかったのである。ぶらぶら歩きは、そのための最も手っ取り早く最も安上がりな営みだった。

ここ何年か、というかずいぶん長いようにも感じる間、体調のせいで私はかつてあれほど歩き回った街をぶらぶら散歩できなくなっている。だから私は何にもましてむしろ歩くことに郷愁を覚えるのである。

36　1＋1＝1？

曰く、1＋1＝2。

古来より、哲学者のなかには多くの二元論者たちがいた。神話の時代この方、事情はあまり変わらない。光と闇、善と悪、神と悪魔の死に物狂いの戦いがわれわれの眼前で繰り広げられてきたことは誰もが知っている。哲学者たちは相対立した二つの原理から実在の全体を説明しようとした。古代ギリシアの哲人たち然《しか》り、デカルト然り、スピノザ然りである。デカルトは精神と物体の二元論を打立てた。スピノザは精神の属性である思考と、物体の属性である延長を、ただひとつの実在である神＝自然の属性であると見なした。二元論の2はあたかも二元論を克服するための2であるかのようであった。

曰く、1＋1＝1。

この数式をどう読めばいいのだろう。これはデカルトやスピノザの命題の結論なのだろうか。2は克服されて1になったのか。溶けてしまったのか。一方、唯物論者である毛沢東は、つねに1は2に割れると言っていた。万物はこうして闘争状態のうちに置かれる。

一滴の水に一滴の水を加えると一滴の水になる。これはきわめて美しい、ある映画のなかの命題である。だが鴨長明やギリシアの哲人ヘラクレイトスによれば、ゆく川の流れは絶えずして、しかも元の水にあらずである。同じ水はない。しかも川はどこへ流れ、またどこから流れ出したというのだろう。川は元の問いである1であり、海は答えの1ではなかったのか。1といっても、1には同じものはないのだろうか。

精神と肉体というのはどうだろう。精神と肉体は一つの全体を形づくっているのだろうか。精神とは心のことなのか。じゃあ、魂はどこにあるのか。日本語でも外国語でも、精神と心と魂は別々の言葉である。別々のものがそれぞれすっぽりこの肉体のなかに収まっているのか。唯心論者と言われたイギリス人たちは、すべては観念のうちに、つまり心のなかにあると言っていた。では心のなかに身体があったのだろうか。

二十世紀は大量虐殺、死体の世紀であるからなのか、哲学者たちは「身体」を最後の難問のように見なしていた節がある。哲学者でなくても、病気にでもなれば、身体のことをあれこれ考えてしまう。いろんな臓器がやられる。ひとつ臓器が駄目になっても人間は生きている。生は全体であり1である。死もまたそこに住んでいる。そんな感じがする。死の欲動というやつだってある。でもそれなら身体は、精神や心や魂を包含する器、または少なくともそれらと同一の形をした最後の砦なのだろうか。戦いは続行しているらしい。

二十世紀の詩人アントナン・アルトーは器官のない身体があると言っていた。臓器の綜合ではない身体、有機体ではない身体があるのだ、と。このたとえようのない身体は心や魂と同型をなしているのか、できれば誰かに教えてもらいたいものである。

37　少年たち

精神分析学者フロイトは、最晩年に自らの出自であるユダヤ民族の秘部を難解なミステリー仕立てで暴き出すような『モーセと一神教』という秀逸な本を書いたが、そこまで大きなスケールでなくても、日本の歴史のなかにも、あまりに華々しい出来事なのに、その後のことを思うと何とも言いようのない、解読すべきブラックボックス、恥ずべき暗部があるのではないかと思う。天正遣欧少年使節の四人の少年たちの運命はどうだろう。

十六世紀の終り、日本にやって来ていたイエズス会士ヴァリニャーノの発案で、九州の大名である大友宗麟、有馬晴信、大村宗純の名代として、四人の少年がローマへ派遣されることになった。セミナリオ（神学校）で勉強していた伊東マンショ、千々石《ちぢわ》ミゲル、中浦ジュリアン、そして最年少の原マルチノである。なんと彼らは十四歳と十三歳の少年だった。もう日本には帰って来られないかもしれない。家族や友人たちとの別れはいかばかりであっただろう。

一五八二年、少年たちは長崎を出港する。二年の苦難の航海を経てポルトガルに入港。スペインのフェリペ二世の歓待を受け（少年たちの苦労を思って涙を流したと言われる）、その後ローマ教皇グレゴリウス十三世に謁見したのは、長崎を出てちょうど三年後のことだった。少年たちは大歓迎を受ける。ローマ市民権を与えられ、腰刀を差した異邦の少年たちをはじめて見るローマの民衆の歓呼のなかを、急死したグレゴリウスの後を継いだシクストゥス五世の戴冠式に列席する。日本の少年は舞踏会で上手にダンスを踊ったとも伝えられている。彼らは名代としての仕事を立派に果たし、再び帰国の途に着くのだが、懐かしい長崎の海に再びまみえるのは、じつに出帆して八年後のことである。

だが彼らを待ち受けていたのは、帰国の三年前に発令された秀吉によるバテレン追放令、キリスト教徒への大弾圧だった。それでも国使といってもいい青年たち（もう青年になっていた）は聚楽第で秀吉と会見し、ジョスカン・デプレの音楽を演奏したが、家来になれとの秀吉の言葉をきっぱりと退ける。「私たちの天主様はあなたではありません」。

彼らのその後はどうなったろう。勉強を続けた伊東マンショ、中浦ジュリアン、原マルチノはそれぞれ司祭に叙階されるが、平和に司祭をやれたわけではない。使節団のリーダー伊東マンショは小倉から追放され、早くに病死する。同じく使節団の正使であった千々石ミゲルは苦悶の日々を過ごし、棄教したと言われる。地下に潜伏していた中浦ジュリアンは捕らえられ、最も残酷な刑であるとされる逆さ吊りの刑によって殉教する（二〇〇八年、ヴァチカンによって福者に列っせられた）。処刑の際の中浦は極めて堂々としていたと伝えられている。原マルチノは弾圧を逃れ、ヨーロッパから持ち帰ったグーテンベルク印刷機とともにマカオへの追放の道を選ぶ。ラテン語に長《た》けていた彼は聖書や教会史を翻訳し、『伊曾保物語《イソップ》』の本邦初訳者ともなったが、二度と日本の地を踏むことはなかった。

38　妖怪の時節

「妖怪」というのはいつの時代にもいたのだろうし、たぶん今もいると私は思っている。外国語では、「怪物」や「悪魔」や「幽霊」や「妖精」は今でもれっきとした地位を保っているし、「鬼」に類する言葉はあるが、日本で言うような「妖怪」に相当する言葉があるのかどうか知らない。まあ、造形的に似たような怪物はヨーロッパ中世の教会のあちこちにいたし、われわれ日本人からすると、どうしてこんなところにこんな怪物が鎮座ましましているのかと思うような場所もある。

パリのまことの中心にあるノートルダム寺院でも怪物たちが観光客を睨みつけているし、悪魔が正面ファサードに堂々と居座っているような教会は、私の知る限りでも、探せばないこともない。悪魔に取り憑かれて大変なことをやってのけた悪人は古今東西いろいろいただろうし、人間という種にも化け物に近い奴がいるので、政治経済文化の世界を通じて、魑魅魍魎《ちみもうりょう》にまつわるトラウマは今でもそう易々とは払えないのである。

悪魔というやつは、ユダヤ・キリスト・イスラム教という一神教の厳格なる善悪二元論から理論化されたのは本当であろう。理論は禍根を残す。理屈っぽい人たちが沢山いたから、躍起になって、天使や悪魔の整合性を涙ぐましいまでに追い求めようとした。中世のキリスト教神学者たちは天使がどのようなものであるのか、異常なまでに詳しく（詳しく?!）述べているが、悪魔については、さすがに気が引けるのか、係わり合いになりたくないのか、神学者たちはあまり声高には語っていない。

ただもっと古いユダヤの伝承などには悪魔的なものや化物の姿がかなり生々しく登場するのも確かである。実際、悪魔の親分であるルシフェルは元々天使であり、神があまりに人間を優遇するので、怒りと嫉妬のあまり堕天使になった。悪魔に翼があるのは、言ってみれば天使の悲しき名残りである。

日本にも悪魔学というものがあった、とははっきりとは言えないかもしれないが、近世の井上円了などの研究は、科学的（どのみち疑似科学的だ）であることを標榜するあまり、私にはちっとも面白いとは思えない。酒井潔という人もいたが、この人の悪魔的なものに対する情熱はなかなかのものだった。柳田《やなぎた》國男や南方熊楠や折口信夫《おりくちしのぶ》のような民俗学者はさておくとしても、澁澤龍彦から小松和彦にいたる最近の人気学者たちはどうだろう。

あえて言わせてもらえれば、彼らが口を揃えて言うことに、ひとつだけ大いに疑問がある。彼らがおしなべて言うには、「妖怪」なるものは、人間の想像力、つまり妄想が生み出した想像の産物だと言うのである。本当なのか？　それなら妖怪の非存在を証明しなければならぬ。

在るものはあり、無いものはない、ということを証明するのは至難の業であるが、妖怪は想像の産物でございい、はい、これで終しまいでは、ちと想像力に欠けるのではないか。私の考えでは、想像力は非在として想像されたものだけではなく、実在にも関わるからである。

39　天職

天職などというものがあるのだろうか。人は自分にやれることをやるだけである。仕事は成し遂げられない。仕事にも色々ある。何の仕事かわからないこともある。歴史上の名だたる予言者たちの仕事もいまだ成就していないではないか。我々は浮き草のようなものであり、淀みに浮かぶ泡沫《うたかた》はやがてどこか知らぬ所へ流れてゆくだけである。陽の下に新しいものはない。

だが一瞬の閃きにとっ捕まってしまう人がいる。彼は自分がどこへ連れ去られてしまうのかも知らない。何もしないほうが良かったと思えるほど過酷で残酷な時が訪れるかもしれない。だが至福というものがあるとすれば、それはたしかに至福の瞬間でもあるはずだ。物事《ものごと》に別の輪郭が与えられる。雲間から陽は射していたのだろうか。

すべての画家は孤独であるが、なかでも銅版画家というのは神秘的といえるほど孤絶した職人である。少なくとも私にはそういうイメージがあった。彼は錬金術師のように半地下の暗い部屋で銅板に向かっている。ドイツの大画家デューラーのことを言っているのではない。現代の画家だって大差はないだろう。

最近、渡辺千尋という銅版画家の作品を見る機会があった（遺作展は京都・ギャルリー宮脇）。彼はもういまではやる人も少ないビュラン彫りという大変な技術と労力のいる古い技法を使って、闇のなかにそれ自体どこから来るのかも分からない薄明かりのような線を刻んできた。後にメゾチントという、闇のなかに光を浮き出させるような技法を使うようになったが、最初彼の描いたものは、アルチンボルド風の怪物であり、内臓のような廃墟であり、崩壊した牢獄のような街、象の幻想だった。ところが、画家自身が書いた本『殉教《マルチル》の刻印』によると、あるとき復刻の仕事が舞い込む。十六世紀末、長崎の有家《ありえ》町にあったセミナリオ（神学校）で制作されたキリシタン銅版画の復刻をやれと言われたのである。白羽の矢が立ったのは、この誰が制作したのかもわからない「セビリアの聖母」という古い版画が、エングレーヴィング技法、つまりビュランで彫られたものだったからである。

渡辺はキリスト教徒ではない。困難は承知の上である。だが最初の障害が降りかかる。あまりに傷みの激しい原画は見せられないと言われたのだ。これは復刻者にとって致命的だった。閃きが彼を貫く。その瞬間のことは誰にもわからない。画家は思い立って大阪の堺へ。「二十六聖人殉教」者たちがかつて歩かされた道を、そこから長崎まで何と徒歩で辿るために！

この謎の原画は、子供も含む二十六人が虐殺された、秀吉による最初の切支丹弾圧事件と同じ年に制作されたのだった。おまけに磔刑の行われた西坂《にしざか》は奇しくも渡辺の生誕の地でもあった。これは僥倖なのか禍いなのか。天職とはこのことなのか。結局、まるで嘘みたいに原画の閲覧は許され、やがて画家の仕事は完成し、画家も同行した使節団の手によって作品は当時のローマ法王ヨハネ・パウロ二世に献呈されることとなった。

40　時を過ごす

河は流れる。同じ河なのに、同じ河の流れはない。同じ河に同じ足を浸すことはできない。いにしえの作家たちは、時々同じほうを向いていた。時間のほうを。なぜなのかはここであらためて言うまでもないだろう。我々だって同じである。

旧約聖書の『伝道の書』の無名の著者はこう記していた。「すべての河は海へと流れ込み、そして海はそれで満ちることはない。河はそれが発したのと同じところへ戻り、さらにまた流れてゆく……かつてあったことはこれからもあるだろう、かつてなされたことはこれからもなされるだろう」。

みなさんもよくご存知の我らが鴨長明もこんな感じである。よく知られている言葉でも、とびきりの名文を書き写すのは心地よい。勿論、『方丈記』である。「ゆく河の流れは絶えずして、しかももとの水にあらず。よどみに浮かぶうたかたは、かつ消え、かつ結びて、久しくとどまりたる例《ためし》なし。世の中にある人と栖《すみか》と、またかくのごとし」。

時間がとどまることはないとわかっていても、立ち止まって、どこから流れて来るのか訊ねたくなる。過去からなのか、あるいは未来からなのか。別のところからなのか。それとも流れていないのか。若きは老い、桜は散り、薔薇は枯れ、泉は涸れてしまうけれど、時間が枯れたり涸れたりすることはない。時間は無情すらも知らない。古代ギリシアの哲人ヘラクレイトスは「時間とはひとりの子供である」と言っていた。目を離すと、こいつはすでにどこかへ逃げ去っている。

時間には琴線のようなものがあるのだろうか。だがそれが断ち切られるように思えるときがある。フランスの作家カミュの師匠だったジャン・グルニエによれば「時間は現実でしかないものを破壊する」のだから、時間は、実は現実を構成するものではないということになりはしまいか。それでもひとりの生身の人間にとって、現実を破壊する時間の一応の終局であると思われる死は、現実のなかにあるほかはないらしい。だからこそ死してもなお、恐らく死に問いかけることはできないのである。

最近、ある葬式に参列した。葬儀はいってみれば時間の儀式である。死者もそこに参列した者たちもきっとそれを感じていたに違いない。前日のお通夜からそこにいたものだから、午前中、葬式までの時間がだいぶあった。私は何かを考えたりしていただろうか。死者はたしかに柩のなかで眠っていたが、はたしてそこには死があったのか。がらんとした感じのする朝の葬儀会場は静まり返っていた。静けさは友である。ただ時が流れていた。無為の時間である。時を刻んでいたのは何だったのか。我々の心なのか。死者自体が抱いていた記憶なのか。もう記憶は消えていたかもしれない。時間が破壊した現実も消えていたかもしれない。私はぼんやりと見ていた、死の向こうに時間が過ぎゆくのを。

41　静寂と沈黙

沈黙しているとき、我々は静寂のなかで何を聞いているのだろう。ひと気のない早朝の坂道で遠くに車が走る音が聞こえる。鳥の囀り、波音……。すでに我々の生活は音に溢れている。だが、何かをただ聞いているとき、耳以外の何ものにも神経を集中しないとき、そこが真っ昼間の街中の喧噪であっても、ほとんど静寂のなかにいるような気がするときがある。たとえそれが耳鳴りに似ていたり、幻聴と同じようなものであったとしても。

北アフリカの砂漠ではほんとうに無音に近い凪が訪れるようだが、それでも何かの音がしているはずである。この世にたぶん完璧な無音など存在しない。血管を血が流れる音、それとも自分の心臓の鼓動が聞こえるのだろうか。バロック音楽に耳を傾けるとき、しばしば静寂に包まれた伽藍や回廊が幻のように現れるのは不思議である。我々は「外」の物音に耳を傾け、音楽は静寂と接している。

私はミュージシャンの端くれでもあるので、たぶん人より意識的に音のなかにいる時間を経験することがある。それもやっている音楽のタイプからして、騒音、爆音である。だがまるで風圧のような音圧を感じるほどの大きな音のなかにいても、演奏しながら他のミュージシャンの音に集中しながら、脳の別の部分では集中しないでいると、一瞬、静けさが現れるときがある。静寂は音の負荷では測ることができないらしい。

静寂と沈黙の文学というのはあるのだろうか。最近の作家で思いつくままに挙げるなら、アイルランド出身の作家ベケットがそうである。言葉は吃音や自国語のなかの未知の外国語に近く、ベケットとともに我々は厳しい、あるいはほうけたような沈黙のなかに放り出される。言葉の向こうに、沈黙が何かを剝奪するように拡がっている。美しい異邦の言葉は、たとえその正確な意味がわかったとしても、異邦の言葉のままである。

フランスの作家デュラスの切り詰められた言葉を読んでいると、いつも海の潮騒が聞こえるし、会話のさなかに沈黙の音が通り過ぎてゆく。彼女は書いているとき完全な放心状態にあると言っていた。外から到来するものを聞いているだけなのだ。

少し趣は違うが、最近ちょうどぱらぱら読んでいたイタリアの作家ブッツァーティの有名な『タタール人の砂漠』という小説もそうだった。この沈黙の待機のなかではめざましいことは何も起こらない。これらの作家たちはそれぞれ沈黙を聴いていて、「絶句」している。息を殺し、息をつめているのだ。

「静かさというのは物音と物音との、落着いた遠近のことらしい。近い物は近く聞え、遠い物は遠く聞え、その中を近づいてくる音、遠ざかって行く音が自然に耳でたどれる、おのずと耳でたどっている、そんな空間のことらしい。……人はそれぞれ固有の静かさを、死病のようなものとして、身体の内に抱えこみ、小心に押えこんでいるのかもしれない」（「池沼」）、そう語るのは現代日本の作家古井由吉である。死病が顔を出す。沈黙が破裂するのである。

42　読書について

新刊を数冊挙げなくてはならない読書アンケートなどの依頼が来ると、いつも困惑してしまう。文芸評論家のように沢山の新刊を読み漁るわけでもないし、読んでもいないものを挙げて知らん顔をするわけにもいかない。何の収獲もないと（収獲というのも嫌な言い方だ、狩りをしているわけではない）、結局自分がいつの時代を生きているのか、雲をつかむような読書とともに、どこにいるのかを思い知らされるからである。

ある二十世紀絵画の巨匠が言っていたように、畢竟《ひっきょう》、物事は、ということは本も、探すのではなく見つけるものだと思っているからだが、たぶんそんなことは言い訳にもならない。ヴァレリー・ラルボーは、読書は罰せられざる悪徳だと言ったが、罰せられる寸前にまで陥ることもある。郵便配達夫だったシュヴァルという人は、石にけつまずいたことがきっかけで、長年石ころを積み上げて見事な「理想宮」を建造したのだから、けつまずくみたいにたまたま読んだ本のせいで、すっかり人生が変わってしまうこともある。私もそういう輩のひとりであるが、そんな本に出会った幸運または不運をアンケートに反映させる機会は残念ながらそうそう訪れるものではない。石につまずくほうがまだありそうである。

第一、「読むこと」も「書くこと」も自分の知っていることだけで成り立っているのではない。書くことによって私が何かを知るのは、私が何も知らないからである。読むことによって、自分の知っている僅い事柄を再び知るのは、ただ私が知らないからにすぎない。知ることは思い出すことだと哲学者プラトンは言っていたが、記憶は幾つもの層をなした忘却からなっていて、私たちは水に潜るようにそこへ一気に潜り込むのである。

ついこのあいだ長年の友人の思いがけない文章に接して、忘れてしまっていたラテン・アメリカ文学のアンソロジー集のことを思い出した。本棚を探ってみると、もう絶版になっているはずの本が幸運にもちゃんと埃をかぶって私を待っていた。友人がそこで述べているのは、そのなかの一篇、ウルグアイの作家フェリスベルト・エルナンデスの「水浸しの家」という奇妙で美しい短篇だった。作家は作曲家でもあり、演奏会を一度も成功させたことがなかった地方巡業のピアニストであった。読んでなかったので、さっそく白昼夢のなかに潜るように読んでみた。

売れない作家がある夫人の家に住まわせてもらうことになった。そこは水の家である。彼の仕事は、水を湛えたこの家で、白い象のように太った夫人を乗せてボートを漕ぎ、夫人の話を聞くことだけである。彼は夫人に恋をするが、ついに夫人を理解できなかった……。私もまた夫人の身の上話を聞いた。水にまつわる話を。読書とは、自分とは別の夢を見ている夢遊病者のように、別々の夢を浮かべた水のなかに自分ひとりで浮かんでいることかもしれない。

43　芸術はどこに？

先日、神戸元町映画館でロシアの巨匠アレクセイ・ゲルマン監督の映画『神々のたそがれ』を観る機会があった。三時間弱に及ぶこの大作はゲルマン監督の遺作となった。原作は、これまたタルコフスキーの映画で有名な『ストーカー』の原作者でもあったストルガツキー兄弟のＳＦ小説『神様はつらい』である。

場所はどこかの惑星。だが政情は不安定で、地球より八百年は遅れている。地球ではルネサンス初期の時代にさしかかる頃である。家並みは地球のルネサンス時代に似ているのに、ここには芸術がないが故にルネサンスはなかったことが前置きとしてまず観客に知らされる。だがこれは一種の巧妙な映画的罠であり、監督のユーモアまたは辛辣な皮肉ではないかと私は直感した。なぜなら町の様子のみならず登場人物たちの服装も調度品も装飾品その他も完璧にルネサンス時代のものだったからである。おまけにルネサンス絵画とも見紛うフレスコ画がたしか二度ほどほんの一瞬だけ画面に示されたではないか。

登場人物たちが絶えず唾を吐き、洟を飛ばし、つねに雨が降って地面は泥濘《ぬかるみ》、いたるところが糞尿まみれ、死体だらけで、部屋も食い物も生活のすべてが不潔きわまりないこの映画を観て、私は快哉を叫ばずにはいられなかった。というのも、最近ルネサンス芸術について考えていて、どうも我々が抱いているルネサンス観はどこかおかしいのではないかと常々思っていたからだ。人文主義？　春の謳歌？　人間主義の誕生？

それもたしかに嘘ではない、だがルネサンスはペストの時代であり、混乱の時代だった。ボッカチオによるとペストによってヨーロッパの人口の四分の一が死滅した。教皇派と皇帝派が死闘を続け、政情はつねに不安定、大画家ジョットの友人であった詩人ダンテは故郷フィレンツェを追放になり、故郷に戻るなら火炙りの刑に処せられるはずであった。その後ダンテは流謫のなかで『神曲』の「地獄篇」を書いたのだった。勿論文学だけではない。ルネサンスのイメージを我々にもたらした、あの『ヴィーナスの誕生』の作者ボッティチェリでさえも、晩年には当時の支配階級メディチ家を批判し火刑に処せられた修道士サヴォナローラを支持し、華美な絵を描くのをやめてしまうのだ。簡単に言ってしまえば、ルネサンスの時代とはこの映画が描き切ったような「混沌」そのものだったのではないか。

だがゲルマン監督は映画にもうひとひねり加えている。この登場人物のルネサンス人がときに奏でる音楽はおかしなことにジャズである。つまりこのどこかの星の「芸術なき時代」は現代の我々の世界でもあるのだ。最近、新聞社に制裁を加えろと喚いていた自民党の文化芸術懇話会の面々などを見ていると、「芸術」などという言葉を口にするのが恥ずかしくなる昨今である。現代に芸術はない！　芸術は誰のものなのか？　この偉大な映画はそのことも我々に教えているのである。

44　戦後七十年？

安倍晋三の戦後七十年談話は一国の総理の公式談話としてはいろんな意味で歯切れの悪いどうしようもないものだった。何やら誰にでもわかる故意の言い落としや、口の先まで出かかった拙劣なごまかしが透けて見えた。名演説で名高いフランスの政治家ド・ゴールの演説草稿は恐らく作家のアンドレ・マルローが書いたのではないかと私は考えているが、わが国の首相のブレーンのなかにはどうやらまともに文章の書ける大作家はいないらしい。

キナ臭い時世である。また、ちょうど今はそのような時節であるからというわけではないだろうが、やはり今年も戦没者、広島、長崎、日本中の大空襲の犠牲者のことを皆が考えたに違いない。私の父も広島で被爆したが、生き残った。そして、と言うべきか、しかしこれら大虐殺のすべての犠牲者たちの死もまた個人の死だったのだ。個体は原理である。

死んだ人も生き残った人も個人である。戦後作家の坂口安吾が何度も言っていたように、戦争は馬鹿かキ印がやるものだと相場は決まっているが、いずれにしても戦争はまずは国家の名においてやるものである。国家だけがやるものである。だが死ぬのはいつも生身の個人なのだ。言うに事欠いて、国家を守るのは国民であるなどといまだに宣っている政治家がいるが、こういう人たちは、そのために白日のもとで歴史に何が起こったのかを何ひとつ学ばなかったのか。何も学ばないのなら、いっそ教育などやめてしまったほうがいい。

「死にゆく人々の死はそのまま世界の死である」。どこかの政治家ではなく、ジャン・ジュネという大作家の言葉である。こんな言葉はどこから来るのか。ジュネについては先に書いたこともあるし、詳しくは割愛するが、元泥棒で浮浪者だったフランスの作家である。わが国では三島由紀夫にまで影響を与えた。首相おかかえのライターとは格が違う。

一九八二年に西ベイルートのパレスチナ・キャンプでキリスト教右派民兵たちによるパレスチナ人の大虐殺が起こった。事件の背後にイスラエルという国家がいたのかどうか、事件の真の背景はいまだに明確にされてはいないが、ジャン・ジュネはこの「サブラ・シャティーラの虐殺」の直後に現場に入った最初のヨーロッパ人だったのである。その後ジュネはこの事件についてのルポルタージュ『シャティーラの四時間』を書き上げる。この死者たちへの供物のような、特異な、しかし美しいまでに真率さと複雑さの入り交じる情動に貫かれたルポルタージュを私は他に知らない。「蝿も、白く濃厚な死の臭気も、写真には捉えられない」と彼は書いていた。この報告には驚くべき真実があった。

ジュネはそのとき世界の死を見たのだった。虐殺されたひとつひとつの死体を通して。ひとりひとりの死によって、そのつど世界もまた死んでしまうのだ。誰でもいい、個人の死を知った我々。我々がそのときぼんやり見ている最後の風景は一瞬弱々しく光り、世界もまたいっとき死に絶えたのである。

45　動物の心

二十世紀の哲学に重要な足跡を残したジャック・デリダの没後、『動物を追う、ゆえに私は（動物で）ある』という不思議なタイトルの本が刊行された。ここで本の内容を詳述する余裕はないが、この本のなかでデリダは、名だたる大哲学者たちまたは精神分析の理論家であったデカルト、カント、レヴィナス、ラカン、ハイデガーを批判した。彼ら哲学者たちは動物をつねに「見る」べき対象と見なし、動物から「見られる」という経験をまったく検討に付さなかったと言うのである。

では動物から「見られる」というのは、どういうことなのだろうか。デリダの議論から離れてしまうが、動物としての私にも、動物に対して半分は人間としてのつたない思いがある。

動物は我々を見ている。なぜか。動物には思考があり、つまり心があるからである。世界哲学の中興の祖である大哲学者デカルトは動物に心があるとは考えなかった。動物に心がないだって？　そんなことはあり得ない！　デカルトは動物を自動機械のように考えたのだ。

この大哲学者は犬や猫を見たことがなかったのだろうか。じっくり観察しなくても、犬や猫と少しでも一緒に過ごしさえすれば、彼ら彼女らが、悲しんだり喜んだり、何を考えているのかこちらにはさっぱりわからないこともあり、怒ったり、無視を決め込んだりするのは一目瞭然である。

デカルトがこんな感受性すら持ち合わせていなかったとはあまり考えたくないが、「我思う、故に我あり」が嵩じて、人間の思考の優位を考えるあまり、いかに動物が神の造った自動機械であれ、結局は動物など蹴飛ばそうが、何をしようが、どうでもいいと思ったのだろうか。デカルトのこの考えがデカルト哲学における神学ではなく、物理学であると考える人もいるが、そんなことはさらにどうでもいい。

だがこれは大きな間違いであると思う。昨今の政治家や三面記事を見ていて、人間にも心がないということがあり得る、などと考えるからではない。それは別問題だ。そうではなくて、我々が地球上で相手にしているのは神や人間ばかりではないのだし、動物である我々は、人間なるものとして動物との近さや遠さを考えてみる必要があるからである。ろくでもない思念も含めて、我々の思考はそれ自体で何ものかの優位に立ったりはしないからである。このことは誰もが胸に手を当ててよく考えてみれば、思い当たる節があるはずである。

われわれは動物に見られている。心せよ。動物はずっと見ているぞ。鳥も虎も象も……。我々の「他者」が見るように。そしてたまには我々が我々自身を見るように。

塀の上で猫が寝ていた。すやすや。ブラームスの間奏曲のような寝息をたてて。陽が燦々と降り注いでいた。猫は夢を見ているのだ。どんな夢なのか。猫の白昼夢のなかの登場人物である我々が塀の上の猫を通りすがりに覗き込んでいる夢かもしれない。

46　分身について

大昔、映画にもなったエーヴェルスの小説『プラークの大学生』には主人公の分身が登場する。鏡のなかに映った自分がドッペルゲンガーとなって街を彷徨うのである。ホフマンの小説でも分身は有名であるが、文学の話だけではなく、芥川龍之介は自分の分身を実際に見たことがあったそうだ。自分の分身を見た者は必ず死ぬと言われているが、芥川であれ誰であれ、自分の分身を見なくても、人はどのみちいずれ死ぬのである。

『源氏物語』に登場する生霊も分身に近いものとして考えることができるだろうが、私がいま思っている分身はこういうものとは少し違う。ここでは幽霊はお呼びではない。怨念や悔恨や欲望とは直接かかわりをもたない、もっと別の「やつ」がきっといるのである。

たとえばこういうのはどうだろう。誰にでも覚えがあると思うが、記憶のなかの自分という厄介なやつがいる。あの「自分」は実に曖昧で、実に不確かな存在である。それは果たして存在と呼べるものなのか。存在というよりむしろ分身に近いのではないか。自分がそこにいたことは確かなような気もするが、私自身についていえば、数学的意味においては無論、確証というものが完全にはもてないのだ。記憶の底の底にいたのはほんとうに「私」なのか、それとも「あいつ」なのか。追いかけても逃げていくばかりではないか。

しかも記憶などといっても、そもそもそれはいったいどこにあるのか。脳？　身体？　遺伝子？　魂？　宇宙のどこか？　それとも、もっと量子論的、素粒子論的次元なのか。ニュートリノは記憶や忘却と何らかの関わりを持っているのか。記憶がどこかに保存されているといっても、何によってなのか。電気的信号、思考、像、言葉、音、エトセトラ？　どれなのだろう。今を時めく脳科学者たちの話を聞いていると、どうも記憶が脳のなかに保存されていることを無条件に前提としているようだが、そんな保証はどこにもない。すでに十九世紀生まれのベルクソンは記憶は脳のなかにはないと言っていたし、記憶のなかの「自分」はいつもどこかに接続され呼び戻されることを待ち望んでいるようでいながら、いつも霧の彼方に消えている。黄昏時にでもなれば、我と彼、犬と狼の見分けがつかないように、記憶のなかの「私」は分身とほとんど見分けがつかない。

さっき「像」という言葉を使ったが、英語やフランス語では image である。ラテン語の imago から来ていて、とても日本語に訳しづらい。美術作品が好きなので、物と像の関係をつらつら思ったりすることがあるが、image もまたほんとうにわけがわからないものである。古代ギリシアの詩人や哲学者たちのなかには、物が見えるのは、対象物から「像」が剝がれて空中を飛んでいき、それが目にまで届くからだと考える人たちがいた。像は光でできているのだから、半分は物質なのだし、この見解はそれなりに正しいような気もする。でももしそうだとしたら、「像」も物の分身ということになるのだが……

47　何のための文学翻訳か

私にとって長年の懸案であり、出版社にとっては一種の「不良債権」と化していた翻訳を終えて、やっと本を上梓することができた。フランスの作家ベルナール・ラマルシュ＝ヴァデルの『すべては壊れる』という小説なのだが、自分のやった翻訳について語るなど単なる手前味噌じゃないかと思う人がいるかもしれない。だけど世界で初めてらしいこの小説の翻訳は私にとって最も「難しい」もののひとつであっただけではなく、文学翻訳というものの問題すべてを再考しなければならないていいのものだった。それであえて何かを言ってみたくなったのである。

作家と本について少しだけ述べておこう。著者はフランスでは著名な美術評論家であったが、四十を過ぎた頃、奇妙なテイストの長篇小説を書き始める。『すべては壊れる』は長篇三部作の第二作目だが、本書が動物の死屍累々の印象的な場面から始まるように、彼の作品は「死」について黙考し、観察し、沈潜し、次第に死の影そのものに覆われていく。そして複数の作品の成立を逆に証明するかのように、二〇〇〇年に著者はピストルで頭を撃ち抜いて自殺した。

この本は独特の「古典主義」でできているが、それにもかかわらず現代社会の「死体検案書」、「解剖所見」となっているところが特徴だ。すべてが壊れる様が描写されるのである。それに古典主義はこの場合は現代的なのだ！　では難解な代物でもあるその「古典主義」の文章をどのように翻訳すればいいのか。

私のやり方はいつも単純である。一歩一歩険しい山を登頂するように、職人的に、苦行のように、原文に自分なりに忠実にこだわるのである。では原文に忠実であるとはどういうことなのか。一言で言えば、文章のリズムと意味に忠実であるということだ。前衛文学の翻訳にはままあったように、もちろん横のものを縦にするだけではチンプンカンプンな翻訳が出来あがるだけだし、それ相応の日本語になっていないと話にならないのだが、この「忠実」を技術的に説明するのはなかなか難しいし、うまくいくとは限らない。

文体を感じるのは読書の妙味であるが、こと文学に関して、文体は内容と不可分であり、表現は内容の意味と切り離せないのだから、原文の雰囲気を読者に伝えるには、翻訳家はまず作家の文体に肉体的に全神経を集中せざるを得ない。最近よくあるように、わかりやすく翻訳することなど簡単だ。文体を変えてしまえばいいのである。これは一種の詐欺行為である。そうしないためには骨の折れる実験をやらねばならない。ベンヤミンが言ったように、自国語を拡大する方向で仕事に取り組むこと。つまり何とか新しい日本語の作品をつくりだすべきなのだ。至難の業であるが、さもなければ、翻訳はただの「裏切り」になってしまう。なぜそんな実入りの少ない難行苦行をやるのかといえば、まあ、好きだからだとしか言いようがないのだが……

48　暗がり

冬だというのに、草の生い茂る空地で虫が鳴いている。あまりに温かだったので、虫もとち狂ってしまったのだろうか。季節も狂い、私たちの生活もじょじょに箍《たが》が外れていくようである。だが虫の鳴く草地はとても暗かった。ひっそりとした暗がりだった。

虫の声を聞きながら、不意に谷崎潤一郎の『陰翳礼讃』を思った。だが谷崎は、漆の器は暗がりのなかでこそその漆器のダークな色彩の味わいを発揮するなどということを書いていたが、そうなのかなあとも思う。生意気ながら、むしろそんなことをわざわざ述べる谷崎の教養は悪趣味を映す鑑ではないのかとすら考えてしまう。

だが谷崎にも一理ある。彼はかつて日本特有の光があったのだと力説するのだが、確かに地中海の光に溢れた西洋絵画などを見ると、光の質は表現の底に取り返しのつかない効果をもたらしているとも言える。自殺したフランスの画家ニコラ・ド・スタールの絵でさえ、地中海の独特の強い明るさを免れてはいないし、それが絵に不思議な趣を与えているが、なるほど谷崎の言う、西洋とは違う日本の暗さというものがあったことも頷《うなず》けるのである。

それなら神戸のルミナリエをはじめとする日本の西洋風イリュミネーションはどうなのか。谷崎なら何と言っただろう。しかしそんな谷崎が建てた神戸の岡本にあった家にしてからが、和洋中折衷ともいえるかなり奇抜な家だったし（残念ながら歴史的にも貴重だったこの家は震災で壊れてしまった）、彼が地でいった「日本趣味」も、『陰翳礼讃』のなかで彼自身が述べたことから鑑みても、なかなか正統だとは言えないものだったのではないか。昔も今もせちがらい世の中ではあるし、言行一致は趣味の次元においておやなかなか困難である。

ちょうど国立競技場のやり直されたコンペの建造物案のデザインがテレビに映し出されていたので、見るともなく見ていたのだが、この二つの建築案のどこがいいのかドシロウトである私にはさっぱり分からなかった。しかもあんなものの建築費用が何千億円もするとなれば、何をかいわんやである。そのうちのひとりは竹を多用する建築家らしく、テレビはそれが「和のテイスト」だと喧伝していたが、訳の分かっていない子供にとってすら安易にすぎるというものだろう。

こんなものが「和のテイスト」だとしたら、どうして今の建築家は、翻って、イタリア・バロック時代のベルニーニやボッロミーニの建築に匹敵するような仕事ができないのかと意地悪な思いが頭をもたげる。あのほれぼれとするようなかつての日本の宮大工の仕事を思うにつけ、我々の社会は文化的にすらどうなってしまったのか。最近テレビの番組などで、みんなが「日本の良さ」を自ら声高に叫んでいるのを見かける。もう誇るものがないのかと思ってしまうほど恥ずかしいことではないだろうか。

49　漂泊の神戸

水枕ガバリと寒い海がある

海辺の近くで生まれ、子供のころ病気ばかりしていた私には、この句は「実感」としてわかるような気がする。西東三鬼《さいとうさんき》の最も有名な俳句であるが、この流転の俳人は長く神戸に暮らしたことがあった。思い立って『神戸・続神戸・俳愚伝』を再読した。

東京の何もかもから脱走した三鬼は、ある冬の日、トアロードの坂を下りて、「トーア・アパートメント・ホテル」の止宿人となる。時は戦中から空襲の焼夷弾でホテルが焼けてしまうまでである。その後、三鬼は山本通四丁目の洋館に移り住んだ。

トアロードの坂道を上ったどん詰まりには、アジア屈指の最高級ホテル「トアホテル」（現在は神戸外国倶楽部）がまだその堂々たるドイツ風の威風を誇っていたが（設計は下田菊太郎）、三鬼が住人だった、このコスモポリタンを地でゆく安ホテルは奇妙なホテルだったらしい。日本人に混じって数多くの外国人が暮らし、バーのマダムやそこで働く女性たちもいた。怪しげで、訳ありで、貧乏で、それでいて、淡々としてはいるが愛情のこもった三鬼の筆致から察するに、とても親しげな人々。尾羽打ち枯らした熾天使たちの漂泊の宿。異国情緒たっぷりの埴生《はにゅう》の宿だ。

「彼等や彼女等は、戦時色というエタイの知れない暴力に最後まで抵抗した。エジプト人、トルコタタール人、白系ロシア人、朝鮮人、台湾人そして日本娘達の共通の信仰は「自由を我等に」であった。だから彼等はそのハキダメホテルで極めて行儀が悪かった。そして奇妙な事には、一様にプライドが高かった」（『神戸・続神戸・俳愚伝』）。

私の知っている時代にもうこんなホテルはなかったが、フラワーロードにあった「新神戸ホテル」には行ったことがある。知合いたちが住んでいて、安く素泊まりもできた。もともとはたぶん外国船の船員用のホテルで、古い調度品と家具がしつらえられてあった。七〇年代のことである。まだ神戸港に活気があった頃で、いろんな国籍の外国人が元町や三宮の商店街を闊歩していた。ある日、元町の映画館でイタリアの映画監督フェリーニの映画を見ておもてに出てくると、まだ異邦にいるような感じがしたことがあった。映画館の外の夜の通りを歩いているのが外人ばかりだったからだ。おかしなことにフェリーニの映画と神戸の街は地続きだった。ちょうどヤクザ映画を見た後に、肩をいからせて通りを歩くようなものである。

三鬼の本で、少し文章のトーンの違う所がある。原爆投下の翌年、広島を訪れるくだりである。「広島の駅で深夜の汽車に乗り、私は神戸に帰った。太陽があり、秋の色の川があり、深い海があり、人々が立って歩いている神戸が、昨夜見た広島と地つづきだとは、どうしても思えなかった」（同）。

また一月十七日が来た。震災直後の神戸を見ていたら、西東三鬼はどう思っただろう。

50　異郷

「人生はなんと異郷に変じやすいことか！　歳月は逃れ去る、そしてあまたの遍歴と変身の後に、ほんの僅かな精神的類似、思い出を誘う出来事を契機に、人間をばちっとも変わらぬ、彼自身のすがたのままで取り残す」（生田耕作訳）。二十世紀フランスの大作家アラゴンは、彼の作品のうちでもとびきりの奇書『イレーヌ』のなかにそう書きつけている。

異郷に変ずる？　そう、人生は居心地の悪いものである。ここにいながらにして、別の場所にいたくなる。欲望の問題ではない。私だってそうである。うずうずして、あせって、落胆して、あげくのはてに自暴自棄寸前になる。若い頃ならいざ知らず、いまでもそうなのか。自分では答えようがない。どうしようもないので、気を取り直して本などを読むことにする。それはあまりにもささやかな、最低限のことだろう。この靄のなかから一気に抜け出すことはできないのか。時間と空間の魔法の扉、遠近法の消点のようなバニシング・ポイントがはたしてどこかにあるのだろうか。だがいつも時は遅きに失し、あれよあれよという間に空間は遠ざかる。手遅れなのだ。

ここにいてもこんな風に異郷にいるのと変わりがないからなのか、人生に見切りをつける前に、さっさと全身で異郷に身を投ずる人もいる。アメリカの作家ポール・ボウルズ（一九一〇～一九九九年）もそのひとりである。ヘミングウェイたちのロストジェネレーションとバロウズたちのビートジェネレーションのちょうど中間くらいに位置する作家だ。

最初、ボウルズは音楽家だった。オーソン・ウェルズやテネシー・ウィリアムズの舞台音楽も作曲した。だが彼はアメリカを捨てて、モロッコのタンジェへ行ってしまう。北アフリカのコスモポリタンの町。そこで、作家だった妻の影響もあって、何と言おうか、酷薄で、エキゾチックで、魔法じみてもいる小説を書き始める。ヒッピーの先駆者みたいであったし、彼の小説には砂漠の風光や呪術の気配もあった。はじめ読者はほとんどいなかった。日本でも四方田犬彦の尽力で作品がまとめて読めるようになったのはそれほど前のことではない。今の読者には、坂本龍一が音楽を担当した映画、ベルトルッチ監督の『シェリタリング・スカイ』の原作者だと言ったほうがわかりやすいかもしれない。

モロッコ。当時のアメリカ人にとってどれほどの異郷だっただろう。アメリカ人だけじゃない。昔、ローリングストーンズのブライアン・ジョーンズが謎の死を遂げる直前にモロッコで録音した民族音楽（ブライアンもボウルズに影響されたのだ）『ジャジューカ』というレコードを聴いて、かくいう私もぶっ飛んだことがあった。その頃、私はボウルズのことはよく知らなかったが、結局、聖地への巡礼のようにモロッコまで流浪の旅をするはめになった。いま私の身は異郷にはないが、異境はいまでも私のなかに棲みついている。

51　書かれなかった言葉

東北の津波から五年目、神戸の詩人季村敏夫の詩集のなかでこんな言葉に出くわした。

書かれたことは、なにごとかを隠している。……／復興もまた然りである。カタストロフィーから立ち上がる行為、そこにも隠蔽がしのびよる。隠蔽され、切り捨てられた沈黙、そこに敗者と死者がうごめき、ひたすら、暴かれることを願っている。……／書かれるや否や、ささやきはじめる声がある。沈黙にうごめく、文字以前のざわめきだ。声にきづき、歴史家はたじろぐ

（『災厄と身体――破局と破局のあいだから』）。

広大な余白のような砂漠に言葉を探しに行く詩人がいる。彼は空白のなかに井戸を掘る。水は涸れたままだ。消しては書き、また消しては書いても、過去のなかで口の端で否認された砂粒のような言葉は、未来のあえかな仕草や行動のようにすでに跡形もなく、ほとんど錯乱の残骸に近い。言葉はすでに失われていたのか。それは書かれなかったのだ。

最近、必要があって、読まずにほっておいた十八世紀の歴史家ギボンの『ローマ帝国衰亡史』に少しだけ目を通した。ローマ帝国で起きたはずの、これらの血なまぐさい事件はほんとうにあったのか。

陰惨で悲痛で貪欲で性懲りもない登場人物たち。あらゆるひどい形容詞があてはまる。目も当てられない。ローマ帝国は滅んだ。そのことはわかっている。私も含めてみんなが知った気になっている。

アルトーという詩人は、そのなかからひとりの少年皇帝を拾い出し、『ヘリオガバルス　あるいは戴冠せるアナーキスト』という本を書いた。ギボンの意見では史上最悪の暴君であるこの滅茶苦茶な皇帝は、宮殿の便所のなかで自分の護衛の兵士に喉をかき切られて死んだ。墓もない。ジャン・ジュネという二十世紀の作家は、浮浪者だった頃、かつて共和制ローマの政治家だったカエサルの見た空と、いま自分が見ている空が同じ空であることに驚愕したと言っていた。そしてカエサルまたはシーザーはブルータスにだけこう言ったのではなかった。「ブルータスよ、おまえもか！」

また自分が歴史家として書いているのは「私の歴史＝物語」だ、と言ったのはフランスの歴史家ジョルジュ・デュビィである。話が複雑になるのでここで詳しくは言わないが、無数の名もない物語＝歴史からなる唯名論的な歴史というものがあることになる。だが無数の無名の物語を聞き取ることなどできるのだろうか。だがそれを聞き取ることが歴史である。巨大な眩暈が渦を巻いている。

ヘーゲルを援用して、マルクスは歴史には二度同じことが起きると言った。一度目は悲劇、二度目は茶番として。二度あることは三度あるのだろうか。それならすべてはずっと茶番だったのか。結局のところ茶番は悲劇ではないのか。隠蔽だらけだ。そのことを私たちひとりひとりに聞いてみなければならない。

52　アルトー

哲学者も散歩したり、酒を飲んで酔っ払ったりするはずである。我々の世界は寄る辺がない。彼らは世界の何を見ているのだろう。断裂した世界の何を感知し、何を言葉として告知することができるのだろうか。権力になびかなかった古代ギリシアの哲人たちはそのことをわきまえていた。彼らはみな変人であり、浮浪者のような人たちであった。

近代になり、哲学が講壇にのぼるやいなや様相は一変する。哲学者は大学教授になる。詩人から霊感を授けられる哲学者もなかにはいるが、もっともこんなことは基本中の基本である。二十世紀ドイツの大哲学者ハイデガーはロマン派の詩人ヘルダーリンにぞっこんだった。いまでも読まれているフランスの現代哲学者はどうだろう。大物の三人、フーコーとデリダとドゥルーズは、その出発において、間違いなくアントナン・アルトーという人物に影響を受けたと言っていいだろう。

アルトーはシュルレアリスム運動の最も過激な詩人として出発した。彼は自分が思考できない、思考が不可能だというそのこと自体を自分の思考の中心に据えた。政治的理由から運動を離れたアルトーは、当時すでに理論においても舞台においても名実ともにばりばりの演劇家であったが、もともと彼は舞台役者であり、黎明時代のサイレント映画の俳優だったのだから、彼のような詩人＝役者が二十世紀演劇の最初の真の革命家となるのは時代そのものの必然だったのかもしれない。彼はとにかくフランスの古典演劇を覆した。

その後、彼は西洋の外部へ、長きにわたって西洋の思想が抑圧したもののなかへ飛び込む。彼はメキシコへと赴き、インディオの儀式に加わり、帰国後はアイルランドへの不可解な旅を決行する。そこで事件を起こしたアルトーはフランスへ強制送還になり、精神病院に九年間監禁されるのだが、監禁を解かれたアルトーは、その死までほぼ二年間自由な生活を送り、そのあいだに信じられないような仕事を成し遂げるのである。

死の前年にはヴァン・ゴッホをめぐる超明晰な本も書いたのだから、わが国でも信じられていたように、アルトーが精神病院で狂い死にしたなどというのは真っ赤な嘘である。最後のアルトーはまるで自分に拷問を加えるように言語を酷使し、血の滲むような思考を思考の欠如からしぼり出し、自分を責め苛んだ精神医学を含めて、ついに世界に対して容赦するところがなかった。

当時のアルトーの初版本の部数は一番多くて二千部だったが（!）、死後の影響は全世界に及んだ。アメリカのビート詩人たちだけではない。わが国でも、六〇年代の舞踏家土方巽《ひじかたたつみ》や演劇家寺山修司は、もし彼らがアルトーの本を読まなかったなら、世界に名だたる暗黒舞踏も天井桟敷の実験もただの夢まぼろしで終わったかもしれないのである。

このような詩人＝思想家の深い身体の思考、その激烈な言葉はいま我々にどのように響けばいいのだろう。確かめるすべはある。恐らく世界で最初の翻訳の試みである『アルトー後期集成』全三巻がちょうど完結したところである。

53　ギリシア悲劇

オーストリアの精神分析学者フロイトによってあまりにも有名な「エディプス（オイディプス）・コンプレックス」の着想は、ソポクレスのギリシア悲劇『オイディプス王』から得たものだった。フロイトはさておき、もともとの話はこんな感じである。

テーバイの人々を苦しめていた怪物スフィンクスの謎を解き、テーバイの王となったオイディプスは、疫病から民を救おうとしてアポロンの神意に伺いをたてる。神託は「先の王ライオスを殺害した者を見つけだし、その者を国から追放せよ」というものだった。誰が先王を殺したのか。オイディプスは事件の真相の捜索に乗りだす。預言者テイレシアスが呼び出され、ついに真実が明るみに出され、禁断の秘密は暴露される。

ライオスを殺したのは、誰あろう、オイディプス王その人であった。おまけにオイディプスはライオスの子であったことが判明する。「この子は父を殺すであろう」というアポロンのかつての神託を知った父ライオスが、山中にこの子を捨てさせたのだった。悲劇の始まりである。おまけに知らずに自分の父であるライオス王を殺したオイディプスは、テーバイの王となり、その后《きさき》であったイオカステを妻に娶《めと》った。彼は自分の母と結婚したのである。そしてオイディプスは四人の子をもうけ、彼らは近親相姦の子となった。

真実が暴かれ、母であり妻であるイオカステは自害し、オイディプスは自分の目をくりぬき、国を追放され、諸国をさまよう流浪の旅に出るのである。オイディプスのラブダコス王家には神々の呪いがかかっているのか。そしてその後も多くの不義の血が流された……。

エディプス・コンプレックスは子供が両親に対して抱く愛や憎しみといった欲望に発するとされるのだから、もちろんそこでは性的なものが問題となっていることは誰もが知るところである。だが私はフロイト派ではないので、家族、とりわけ人間どうしの諍い、数々の不都合、不幸がすべてセックスに関係づけられるとは考えていない。

このソポクレスのギリシア悲劇には天の象徴的秩序が折り畳まれるようにして不吉な影を落としている。信仰篤い古代ギリシアの人々は、それでも神々との戦いのうちにあったかのようなのだ。人間は宿命を負わされ、下界に放り出される。作者のソポクレスがはっきり意図していたかどうかは判然としないが、オイディプスには何度か神を呪うそぶりを見せるときがあったように私には思える。オイディプス王は人間だったのだと言えばそれまでだが、古代ギリシアの天の秩序自体もやはり混乱の極みにあったのではないか。

親が子を、子が親を殺すという話は我々にも珍しくない。尊属殺人（いまでは尊属殺人罪は刑法から除外された）の割合は案外高いらしい。ギリシア悲劇はその点でも我々の生活の陰画かもしれない。我々はいまもそれを生きている。人の心と生き方に関して、古代と現代にさして違いはないのである。

54　一休さん

さっき雨上がりの雲間から満月に近い月が見えた。なぜか一休宗純のことを思った。室町時代の風月雪雲を愛でた一休さんである。京田辺の酬恩庵は一休が示寂《じじゃく》した最後の場所であり、その墓所がある。宮内庁管轄であるから中に入れないのだが、外から見ていると何にもない清々しい墓所である。何にもないというのはどういうことなのか。鳥が枝一本もち去ることのない、石一個動かすことのできない空っぽの地ということである。さすが傑僧である。死してもなお一休は一休であり、枝一本折ることはできないのだ。

一休が後小松天皇の落胤であったことは間違いない。学者のなかにはこれが俗説であると否定する人もいるが、とんでもない話である。こういった人たちは、他の歴史（物語）は真実であるとする一方で、何故にこのような否定に情熱を傾けるのだろう。一休はその著書である詩集『狂雲集』のなかで父親であった後小松天皇のことに何度か触れているし、何しろ宮内庁自身が認めていることである。天皇に寵愛された一休の母は、宮廷内の嫉妬であろうか、南朝のスパイであると吹聴され、宮廷から追い出され、貴族から平民へと身分を落とされたのだった。そして一休を産んだのである。

一休は可愛らしいトンチ自慢の小坊主などではない。入水《じゅすい》自殺未遂もやっているし、大酒を浴びるほど飲んだし、おまけに女色を愛し、男色にも淫したことがあった。いつものことながら、日本の文化に長きにわたって一休の真の姿を隠蔽したのである。しかしこの風狂の破戒僧がただ者でなかったことは言うまでもない。和尚は荒れ果てた大徳寺をそこに住まずに再興するというようなことも朝飯前でやってしまうのだが、生涯を通じて、お仲間でもある、高僧を含めた当時の禅僧に対する批判の舌鋒はきわめて鋭かった。

杜撰の禅流、井底の尊、
憐《あわれ》むべし、皮下に、元血なきこと。

「お粗末な禅僧たちは、井戸の底で威張っているのだ、憐れなことに彼らの皮膚の下には、血が通っていない」(『一休和尚大全』、石井恭二訓読)。だが和尚は怒りと論争に明け暮れていただけではない。老いたる僧にもきっと業因と宿痾があったのであろうし、恋もした。一休宗純、七十七歳の恋である。お相手は森女《しんじょ》(モリガールではない)という名の盲目の絶世の美女であった。落魄した身分の白拍子か旅芸人であったと言われているが、一休が八十八歳で死ぬまで彼のもとに身を寄せている。この高僧は彼女について、あまりに美しいけれど、ここに書き写すのが憚られるほどエロチックな詩を書いた。だが彼女もまた最後まで和尚を崇敬し愛したのは言うを俟たない。森女は、一休が寂滅してもなお、その大法要にお布施を携えて二度足を運んでいる。

55　自己喪失

文学が強い自我崇拝だけで成り立っているなどと考えてはならない。ダンテの『神曲』から、ドストエフスキーやカフカを経て、二十世紀の奇書バロウズの『裸のランチ』やヨーロッパおよびラテンアメリカの骨太の前衛文学にいたるまで、文学の歴史は自己喪失の歴史であると言っても過言ではないだろう。先に結論から言ってしまえば、表現と内容が奇跡的に一致する限り、自己喪失と自我崇拝はいっこうに矛盾しないからである。

自己喪失は何もロマン派の奇矯な群小作家たちや詩人たちの専売特許ではない。外国の作家だけではない。わが国でいまでも読まれている文学でいえば、芥川龍之介や坂口安吾だってそうである。だがここですべてを列挙することはできない。古今東西、夜空の星の数とまではいかないにしても、枚挙にいとまがないからである。

詩人たちが自己喪失の霊妙な論理をつくり上げたことは確かであるが、「すべての感覚の、長きにわたる、途方もない、考え抜かれた乱調」をさらに練り上げ、錬成するために、彼らはほとんど死闘ともいえる戦いを繰り広げてきたのだ。詩的行為と呼ぶことのできる無償の何か、それをつらぬく不可能な思考、そしてその涙ぐましい努力は特筆すべきものである。これと引き換えにすべてが犠牲になりかねないほどだ。

私は、名利などはなから否定しにかかっているようなこの無償性を人類の遺産とさえ思っている。自己喪失だって？ どうしてそんなことをするのか。これほど無駄に思えることを？ 我々は自分についてのみならず何もわかっちゃいないからである。謎はいたるところにあって、人生はすべからく自己なき自己というこの未知のものへと向かう実験だとでもいうのか。人跡未踏の地をついに踏破できる冒険家たちが何と羨ましく思えることか！ 人間はおろか動物さえも歩いたことのない雪原、切り立った断崖絶壁、死を賭した登攀……。

だがほんとうに自己喪失なのか。喪失だけではない。それどころか自己が自己から抜け出すことさえあるのだ。そういう瞬間が確かにある。文学ではなく肉体表現なら、我々はそれを目にしたことがあったはずだ。六〇年代に暗黒舞踏を創始した天才土方巽の踊りを見ていると、自己が自己から抜け出すどころか、肉体が肉体を抜け出す現場に遭遇しているようだった。例えば、彼が病んだ田舎女郎を踊ると、彼女の衰弱した身体《からだ》から、彼女の歴史、彼女の苦悶、諦念や絶望を通して、別の身体がじょじょに出て行くのが見えるのだった。

土方だけではない。もっと昔に世阿弥はこんなことを書いている。「夜半、日頭《じっとう》明らかなり。妙《めう》と云《いっ》ぱ、言語道断、心行所滅なり。夜半の日頭、これまた言語《ごんご》の及ぶべきところか」（「九位」）。さすがにすごいことを言っている。夜の太陽の輝き、自己を滅すれば、それも見えるかもしれない。だが言わせてもらえば、言語のなかを突き進むなら、言葉の領域においてもそれは矛盾ではないのである。

56　コクセーキ黒石

大泉滉《あきら》という俳優がいた。大泉ポーという芸名で子役の頃から活躍していた役者だが、私はこのユーモア溢れる奇妙奇天烈な俳優が大好きだった。昨今のお笑い芸人とかいうものがどうであれ、彼こそはコメディアンの鑑であった。ペーソス（物悲しさ）という言葉は彼にこそふさわしかった、とファンである私は声を大にして言いたい。

その大泉滉にも父がいた。ロシア名アレキサンドル・ステパノヴィッチ・キヨスキーというロシア人と日本人の混血である。作家大泉黒石、またの名をアレキサンドル・ステパノヴィッチ・コクセーキという。

明治二十六年長崎に生まれたキヨスキーは、小学生の頃、父を頼ってロシアに渡るが、父とは死別する。その後の運命は数奇としか言いようがない。パリ、スイス、イタリアを経て、ロシアのペトログラードに再び辿り着くが、ロシア革命勃発のため帰国する。

帰国後、旧制一高や三高に在籍するが、すぐに退学。そもそもこの人はパリのリセ（高校）を放校処分の憂き目にあっている。自分で「国際的の居候」と言っていたくらいであるし、彼は本物の根無し草《デラシネ》だった。作家となる人間が「故郷喪失者」であることは珍しくないが、日本の作家でこれほど徹底的な境遇は他に見当たらない。

第一作『俺の自叙伝』は文壇で脚光を浴び、ベストセラーになった。とにかく生い立ちが破天荒だし、何しろ書きっぷりがよかったのである。この本には近所に住んでいたトルストイに石を投げて激怒させたり、自分の恋人の死骸をひきずったというような「真実の」エピソードまでふんだんに含まれているが、この作品に限らずバラエティに富んだ彼のレトリックには瞠目すべきものがあった。

また彼はロシア文学者であり、ゴーリキーを愛し翻訳し、ロシア文学を紹介した。その後、中国文学にも造詣の深かった黒石は小説『老子』を発表する。当時大人気のこの本は検閲を受け、伏せ字だらけだったのだから、アナーキスト黒石の面目躍如となる小説になった。

続けて発表された『人間廃業』は、尾羽打ち枯らした日本の長屋文士の爽快なる抱腹絶倒話だが、黒石がユーモア溢れる「戯作者」であったことが納得できる作品である。子息の大泉滉が立派なコメディアンになったのもさもありなんである。そして七〇年代に黒石復活に尽力した英文学者由良君美が言うように、この本をはじめとする黒石文学は、たしかに日本の「昭和無頼派」の先駆となるものであった。

だがコクセーキは何と「いかさま師」呼ばわりされて、わが文壇から追い出されるはめになる。文壇は彼を邪魔者扱いしていじめた。黒石は文壇仲間によってその才能を嫉妬され、その境遇を逆差別されたのだった。黒石が「嘘つき」であれば、当時の自然主義私小説家などつまらぬ文章しか書けないただのマヌケにすぎなかったではないか。当時は大戦へと向から超国家主義闌《たけなわ》であり、関東大震災が起こり、ちょうど大杉栄が暗殺された物騒な時勢であった。

57　スペイン

　スペイン！　スペイン文学に詳しいわけではないが、なぜかスペインの作家のなかには私にとって特別な人たちがいる。『ドン・キホーテ』のセルヴァンテスはもちろん、十七世紀の難解なバロック詩人ゴンゴラや、ゴンゴラと同時代人で悪漢小説のケベードがそうである。

　二十世紀でも何といっても映画監督ブニュエル、画家ダリと三羽烏だった詩人ロルカがいるし、最近ではエンリーケ・ビラ＝マタスという作家が気に入っている。これにベラスケスやゴヤやグレコやピカソのような画家たち、セゴビアやカザルス、あるいはモンポウのような音楽家たちを加えれば、スペインの芸術家の私のリストはさらにどんどん増えていく。

　スペインの風土が何かを語りかけるのだろうか。乾いた大気、抜けるような青空、ハレーションを起こす正午の光、埃っぽさ、シエスタ（昼寝）、荒れ地、花々、パティオ（中庭）、噴水、そして革命、闘牛、南部のイスラム文化、文明の斜陽、ジプシー、あまりに異なる相貌を見せる街々……。単にこれらは私にとってのスペインにすぎないのか。だがフラメンコも忘れるわけにはいかない。そう、スペインはフラメンコの国なのだ。

　アンダルシア地方のグラナダ。当時、観光客がまだまばらだったアルハンブラ宮殿。そこはかつてイスラムの宮殿で、水と花々に溢れ、「楽園」とはここなのかと思わせた。反対の丘にはジプシー村落がある。美しい少女、貧しい丘、物悲しい調べ。昼間に行くと、穴蔵のような粗末なフラメンコ・タブラオは静まり返り、人っ子ひとりいない。白い洗濯物がはためき、野良犬と私だけ。丘の下にはバロックのカトリック教会、苦悶に顔を歪め、血を流すキリスト。私にとってのスペインとはうっとりするような「矛盾」の坩堝なのだ。

関西フラメンコ界の重鎮である東仲一矩さんからフラメンコで「オイディプス王」をやるから原作脚本を書けと言われた。フラメンコとギリシア悲劇！　スペインとギリシア！　御大直々《じきじき》の申し出であったので断るわけにはいかない。しかも娘さんの東仲マヤさんと一緒に踊るから、親子の愛憎劇にしろと言われる。オイディプスの愛憎の根幹には近親相姦がある。だがオイディプスの場合は母と息子の近親相姦であって、こちらは父と娘である。そのままソポクレスの「オイディプス王」は使えない。

仕方なく「コロノスのオイディプス」を混ぜ合わせて、まったく違う話をでっちあげた。『オイディプス王〜最後の日〜』である。追放され、乞食になった盲目の王はコロノスのはずれに辿り着く。やがて死を迎えるオイディプス。だが健気に父の世話をしていた娘アンティゴネはすでに亡霊だった……。

だが私はコレオグラフィー（振付け）の台本を書いたわけではない。恐らく演出がすべてであるとしても、科白のない踊りによって戯曲は極度に抽象化されることになる。二次元に書かれた文字は、ダンスと音楽によって三次元の空間となり、あわよくば四次元に突入するかもしれないのだ。四次元のフラメンコ！　楽しみである。

58　路上の路通

昨日の深更、西の空に明るい月を見る。まだ満ち切ってはいない。酷暑が終わり、ようやく秋が近づいた。果てにはひとりの放浪者、乞食俳諧師。風雅は漂泊であり、漂泊は風狂であるのか。私は柄にもなく風雅俳諧を思った。詩人正津勉による傑作俳諧師伝『乞食路通』を読んだからである。八十村《やそむら》路通《ろつう》、慶安二年（一六四九年）生まれ。出生についてはよくわからない。捨て子だったとも。乞食坊主となる。後に還俗。三十七歳のとき、湖南で芭蕉と出会う。芭蕉は「野ざらし紀行」の途上であった。俳聖はすぐさま乞食坊主の才能を認める。

後《のち》の月名にも我名は似《に》ざりけり

路通とは芭蕉より賜った名であり、かくしてこの江戸時代のビート詩人は蕉門のひとりとなる。しかしである。俳諧が、風雅が、聞いてあきれる。蕉門は高級武士や豪商ばかりに囲まれている。許六や越人や支考といった門人たちから乞食坊主は差別され、執拗ないじめに遭う。この当代きっての知的サークルでさえ、句は万人のものでなければならない、ということが徹底されてはいなかった。さすが東国の高弟、其角はそうではなく、路通に優しかったが、芭蕉は湖南や京都のつまらぬ連中からあることないこと吹き込まれたのだろう。「奥の細道」の道行きはこの路通が随行することになっていたのに、結局、曾良を伴って行われることになったのだ。裏切りである。芭蕉の翻意の本意は奈辺にあったのか。

それからもいろんな事があった。乞食路通は不実軽薄とまでされた。それでも乞食の身空である路通は各地の蕉門を訪ね、俳席に連なり、金銭を得た。わずかな鳥目は懐に。はい、はい、さようなら。凄まじくも、だが楽しげな生涯である。句は自由であり、軽いものでなければならないのではないのか。深刻であればあるだけ。

死《しに》たしと師走《しはす》のうそや望月夜
いねいねと人に言われつ年の暮れ

僭越ながら思うに、路通にも葛藤があり、諦めがあり、度重なる放擲《ほうてき》、何よりも悲しみがあっただろう。ほんの少しだけだが私にも覚えがある。唯一師匠と呼べた人の元から破門同然で暇乞いしたことがあったからである。

我が世誰ぞ常ならむ。後に宗匠芭蕉もまた逡巡する。戸惑い、葛藤、怯懦《きょうだ》、慚愧《ざんき》。だが家も世間も捨てきれぬ元乞食志願の俳聖は、晩年の曲水宛芭蕉書簡で、この本物の漂泊者をゆめゆめ絶縁してはならぬと言っているのである。芭蕉はやはり芭蕉であった。しかし不運な放浪者は師の臨終に立会うことはできない。数日後、路通は翁の墓前にひれ伏し、陀羅尼経を唱えた。

やがて乞食も歳をとる。

老《おい》を啼《な》くうぐひす思へきのふけふ

正津勉は、これこそ芭蕉死出の年の句「鶯や竹の子藪に老を鳴く」を踏まえた交霊だと言う。ここまで来れば幸せだったとしか言いようのない路通。逝ったのは九十歳。句はまことにまことに軽かったのである。

59　死者の町

久しぶりの海外だった。メキシコ。十日いたぐらいでその国がわかるはずもないだろうが、麻薬抗争がらみの殺人や犯罪も少なくないことで知られる国とはいえ、私の第一印象はメキシコの人々の多様な表情のなかにある陽気さだった。町を歩いていて目が合うと、ほとんどの人がニコっとするのである。私もニコっとしながら最近の日本では考えられないなと思った。

メキシコは、古代の生贄や先住民のインディオに対する虐殺、メキシコ革命など、血塗られた歴史を生きてきたが、ホドロフスキー監督のメキシコ映画『エル・トポ』ではないが、真っ青な空と黒い影のコントラストのなかで、サボテンですら陽気な佇まいを見せていて、この風土が、竜舌蘭酒で酔っ払い、まるで映画のように笑いながら人殺しをさせることもあったかもしれない、などと不埒にも妄想した。死が死を生じさせ、生を作り上げる。そんな風に思わせるところがメキシコの風土にはあるのだろう。

ちょうど「死者の日」の祭の時節だった。日本のお盆のようなもので、かつては墓場だけで行われていたらしいが、最近では町中ハロウィンのような様相を呈している。骸骨とマリーゴールドの花だらけになった賑わう町の広場にも画家フリーダ・カーロなどの有名人ほか、様々な祭壇が設えられていた。三人の即死者を出した黒焦げになった事故車が花で飾られて、広場のまんなかにどかんと置かれているのにはさすがにドキッとしたけれど。

私が出会った数限られたメキシコ人たちの話では、メキシコ作家のなかでは、案外オクタビオ・パスやフエンテスではなく、どうやら学匠作家アルフォンソ・レイエスがいまだに尊敬されていて、フアン・ルルフォが人気があるらしかった。彼の小説『ペドロ・パラモ』を原作とする芝居を最近見たと興奮気味に話す若者もいた。この小説は名だたるラテンアメリカ文学の世界的ブームの先駆けとなった小説だが、いまや古典に分類される名作である。

小説の語り口は、田舎のインディオやメスティソを思わせるメキシコの農民風と言えばいいのだろうか、とても平易なものなのだが、さて、小説の全体はどうなのかというと、これほど複雑怪奇なものはないかもしれない。話の起点はつねに循環のなかに置かれ、過去と現在が混淆し、しかし現在とて本当に現在なのか過去なのかもわからない。生きている者が語っているかと思えばすでに死者だったり、死者の回想が生者の現在と入り混じり、生と死の迷宮を越えて、もはや死と生は地続きであり、生は死の一エピソードでしかない。それでいてこの驚嘆すべき幻想的小説はメキシコの「現実」を正確に描き出しているのだ。

偏愛するマルカム・ラウリーのメキシコ小説『火山の下』の破滅した主人公のように、テキーラやメスカルの小さなグラスを何杯もあけながら、私は夜のメヒコで死者たちが生者たちの間をとても気安く行き交っているのを見たような気がする。

60　ノーベル文学賞

ボブ・ディランがノーベル文学賞受賞に対してろくな返事もしないからといって目くじらを立てた人がいるが、彼はそもそも問題児だったのだし、もともと文学賞を貰いたくてロックシンガーをやっていたわけではないことは誰もが知っている。フランスの哲学者で小説も書いていたサルトルはノーベル文学賞を拒否したのだから、ディランの振舞いは別にどうということもない。ノーベル文学賞を意識して小説を書いているけれどなかなか受賞できない人、仮にそのような人がいるとして、彼とディランを比べるのはお門違いというものだ。

ディランが歌手だから文学賞を授与するのはおかしいなどというのは物を知らないにもほどがある、と言えば生意気に過ぎるだろうか。古代のホメロスなどと言わないまでも、ヨーロッパには多くの吟遊詩人がいた。時は中世、近代文学（！）の黎明期である。詩とは、歌うことができない場合も含めてまずもって歌なのである。歌は原則として歌うためにある。ではわれわれの浄瑠璃はどうなのか。浄瑠璃は歌ではないかもしれないが、節がついているではないか。浄瑠璃作家近松門左衛門の浄瑠璃は文学ではないとでも言うのか。まさかそんなことはあるまい。ディランがノーベル文学賞を受賞するのと近松が受賞するのと、この点においてそれほど違いはないと私は思う。

ディランの歌詞は私にとってずっとアメリカのビート文学に連なるものだった。彼の歌詞はアメリカの田舎の停車場をうろつく野良犬や神経質でシニックな放浪者のものだった。もちろん愛も絶望も希望もあったが、私にとって彼の歌は雑踏から聞こえてくる、不穏で時には無垢であからさまな鼻歌に似ていた。没落するアメリカ式生活様式、けちなハイウエイを突っ走るろくでもないアメリカ、それに抵抗する少数派のアメリカがあった。だからビートニクスの亡霊たちもディランの受賞をきっと喜んでいるに違いない。すでに鬼籍に入ったケルアックやギンズバーグやバロウズである。そのことを風の便りに喜んだからといって別に罰は当たらないだろう。ディランの不安定さは感動的だったのだ。

ディランの音楽は聞く人が勝手な思い込みで聞いていた嫌いがあるというようなことを、音楽評論家の湯浅学が言っていたが、たしかにそのとおりである。かく言う私もディランが日本でやった最初のコンサートを途中で退出したことがあった。近い過去にパンクの洗礼を受けていた我々は、白いスーツに身を包み、大勢のミュージシャンを従えたディランに肩すかしを食った感じがしたのだ。ディランってこんなんだったのか。間違っていたのはたぶん我々のほうだ。彼は今でも変幻自在である。近頃ガラガラ声になったディランは腹のなかに雷を飼っている。オペラ歌手のマリア・カラスがサナダ虫を腹に飼っていたのは痩せるためだったが、ディランの雷は何のためでもなく、言ってみれば彼そのものなのである。

61　不遇の傑作

文学作品のなかには「不遇の傑作」なるものがたしかにある。それらの作品は文学のポピュリズムに汚染されてはいないし、まったく別の場所で死後の生を細々と、しかし永々と営んでいる。大昔の作品の話ではなく、我々のよく知る二十世紀においてもそうである。まったく知られていなかったわけではないし、完全に埋もれていたのでもないが、通読するのに骨が折れるためにほとんど読まれていない傑作。この点では不遇の傑作と不遇の天才は少しニュアンスが違ってくるのかもしれない。

これらの不遇の傑作がすでに何となく「古典」の仲間入りをしているのはほぼ間違いないだろう。それほどよく書けているのだ。『神曲』や『源氏物語』や『マクベス』や『カラマーゾフの兄弟』だけが古典ではないのだし、我々にとっては二十世紀の前衛的な作品がすでに「古典」に分類されていてもいっこうに差し支えない。古典とは誰もが題名を知っていて誰も読まない作品だ、と言ったのはヘミングウェイだったと思うが、誰も読まないなどと言うのは一種の自嘲、理解されないことへの諦めと自責であって（ヘミングウェイはノーベル賞作家だし、すでに古典作家だが、受賞後に自殺した）、ほんとうにひとりの読者もいないなどということはありえない。かすかではあるが文学にも希望はある。

そんな不遇の傑作のひとつに、二十世紀イギリスの不遇の作家マルカム・ラウリーの小説『火山の下』がある。

モーリス・ナドーというフランスの批評家によればすでに一九五〇年代に、ジョイスの『ユリシーズ』やフォークナーの『響きと怒り』に匹敵すると言われたこの小説を信奉する「信徒会」のようなものが存在していたらしい。友の会みたいなものであるが、組織の体をなさない緩い秘密結社だったと言っていいかもしれない。会員はお互いを知らないし、この会にはほぼ何の規約もない。それにしてもこれらの人たちを結びつけていたのはある種の「信仰」だったのだろうか。そこまで言うつもりはないが、かつてニーチェが永劫回帰のヴィジョンを得た岩の上でロシア作家アンドレイ・ベールイが神経の発作を起こしたように、アル中であるこの小説の主人公や作者ラウリーと同じように、この小説によって神経発作か神経衰弱を起こしかけた人たちは少なからずいたのだと思う。新しいところでは、コロンビアの作家ガルシア・マルケスや大江健三郎もそうらしいし、私の知る限りでは、思想家で映画監督のギー・ドゥボールや哲学者ジル・ドゥルーズがそのようである。

かくいう私もこの小説の大ファンである。三度目の正直で読み通せたが、傑作と認めるには苦労して最後まで通読しなければならない。作品の内容について書くにはもう紙幅が尽きてしまったが、間違いなく「不遇の傑作」なのだから、ぜひとも秘密結社の一員になったつもりで秘密裡に通読して頂きたい。神経発作を起こさなくともそれだけの価値はあるのだ。

62　前衛文学

量子物理学者のポール・ディラックが好きだ。我々がいま見ている目の前の物質、しかしその究極の姿は我々の知る物質とは似ても似つかぬものである。彼ら物理学者たちは人跡未踏の地を行く探検家のように物質の究極を求めて、ほとんど生活すら省みることがないようだが、文学だって同じじゃないかと言ってはいけないのだろうか。書店を見回してみれば、いかに文学にとって昨今が陰の時代だとしても、たかが本のことでそんなことをいまだにぶつぶつ言っている私は、よほどの物好きか、龍といえども陰の時には蟄居を閉じるのだから、白分が頓珍漢で能天気な蟄居人の成れの果てのように思えてくる。

だが我々の語る言葉、言語の極限の探求はどのようにして行われてきたのか。それは、誰がなんと言おうと、詩をはじめとする文学作品によってなされてきたのである。残念ながら、これこそが私の悪趣味の証の最たるものだとしても、文学が娯楽であると思ったことなど一度もない。そして、だからこそ前衛文学はいまだに地下水脈のごとく絶えることはない。

古雑巾のように使い古された感のある「前衛文学」とは何のことだろう。いやいや、前衛（アヴァンギャルド）とはそもそも軍事用語で最前線に位置することであるが、当世風の流行とは何の関係もない。文学に関していえば必ずしも最前線にいる必要はないのだし、それをそう簡単に使い古すことはできない。そもそも位置を標定できない場合もあるし、精神の最前線、つまり狂気すれすれの境界線上のアリアをがなりたてている場合もある。ある若手作家の言葉を借りれば、「私は錯乱していない、言語を錯乱させるのだ」ということになる。これはほとんど文学の愉しみであるとすら言える。

今回紹介したい前衛作家は、ブラジルの女性作家イルダ・イルスト（一九三〇～二〇〇四年）である。彼女は死んだ母親の声を録音してテレビに出演したり、相続した広大な敷地の「太陽の館」で百匹の犬や芸術家志望のゲイの青年たちと共同生活を送ったりしていたらしい。最近、四方田犬彦の翻訳によってその中篇小説『猥褻なD夫人』が上梓された。ブラジルだけでなく中南米の作家たちはとても奥が深いし、物語ることにかけてはそれこそ第一級の語り手たちが輩出しているが、もともと詩を書いていた彼女は彼らとも一線を画しているように思う。まったくもって比類がないのだ。類似をよそに求めたくなるのは人間の性《さが》だが、彼女はカフカでもジョイスでもないし、彼女が私淑するエロティシズムの哲学者バタイユでもない。小説のなかで珍事は踵を接しているし、突然シェイクスピアを思わせるくだりがあったりするが、物語の箍《たが》は粉砕され、完全にカオスの涙と化している。だがそれでいて、ここには生と死の語りの極致があるのだ。それを証明するためかどうか、訳者によるこの作品の朗読会が東京と神戸で開催された。

63　死について

美術家マルセル・デュシャンの言葉を借りて、「死ぬのはいつも他人ばかり」と口癖のように言っていたのは劇作家寺山修司だったが、その寺山修司も鬼籍に入ってもうずいぶんになる。それならかつて不死だった自己は、死してもなお死んではいないのか。死はたまたまのことで、「この私」は死を経験することができないと寺山は言いたかっただけなのか。

人は命が消えゆくところを間近に見ることもあるし、かけがえのない人たちの死も経験したに違いない。死にゆく「命」は美しく、残酷で、悲しい。命は尽き、人は死ぬ。それはわかっている。だが「生」を追い越した「死」は、それ自体どこにあるのだろう。

「死は美しい、死は我々の友である。それにもかかわらず我々には死が何であるかわからない、なぜなら死は我々に対して仮面をつけて姿を現し、その仮面はひどく我々を怖がらせるからである」。そう言ったのは十八世紀の作家シャトーブリアンである。死が人間の知識を嘲笑っていることはたしかだが、死が恐ろしいのはそれが理解不能であるからなのか。ローマの政治家で哲学者だったセネカは「死の後には何もないし、死などなんでもない」と言ったそうだが、そうであるからローマ帝国はあれほど夥しい数の無惨な死体を生み出したとでもいうのだろうか。セネカに反論したくなる。死自体が無であるとしても、死は単に消滅なのか。消滅するのは肉体であって、死は生に対して勝利しただけではないのか。

ジャック・ベニーニュ・ボシュエ（ボスュエという表記が正しいのだろうが慣例に従う）という十七世紀フランスの司教・神学者・説教家がいる。ボシュエは、追悼演説つまり名だたる人物たちに対する格調高い弔辞で有名であり、筆鋒は犀利《さいり》にして美しい。その雄弁ぶりと名文はキリスト教徒のみならず、現代の思想家、それもドゥボール、ソレルス、バディウといったとびきりラディカルな思想家たちをも魅了したほどである。

ボシュエの『死についての説教』を再読した。ここに全文を翻訳して引用できないのがいかにも残念であるが、この説教はキリストによって死後四日目に復活したラザロの話（『ヨハネ福音書』十一章）から始まる。「ただ一瞬がそれらを消し去るのであれば、百年や千年が何だというのか」、とボシュエは畳《たた》み掛ける。「来て、自分の目で見てみなさい」。肉体は腐り、朽ち果て、一方、魂はここから出てゆく。まずはそんな風にボシュエはキリスト教徒たちに向かって語りかける。

しかしカトリックであるボシュエの結論はやはり「信仰」の恩寵に落ち着かざるを得ない。最近、ある病院で死の床についたとおぼしいカトリックのシスターを見かけた。この老修道女の薄れゆく意識のなかに「復活」への問いはあったのだろうか。素晴らしいボシュエ！　だが一七〇四年に没したボシュエはそのことによって本当に自分の魂を救ったのだろうか。

64　堕落

政治家から市民まで、きな臭い、きな臭い、と狼少年のように喧伝し回っている人が大勢いるようなご時勢になったが、こんな時代の必読書はやはり坂口安吾の『堕落論』であると私は思っている。ほんの七十年前の戦争の教訓すら全員が忘れてしまっているような国では、少年少女たちのために『堕落論』をこそ教科書にすべきではないか。だが今日ここで取り上げたい「堕落」はそれとは少し違う。

「堕落」や「放蕩」は、本人を含めて誰からも望まれていないのに、「生」、生きるということのひとつの条件だったのではないかと思えてくるような場合がある。宿命などとは言いたくないが、十九世紀アイルランド生まれの作家オスカー・ワイルドがそうである。彼は『ドリアン・グレイの肖像』や『幸福な王子』、『アーサー・サヴィル卿の犯罪』や『サロメ』といった名作を書いただけではない。この耽美的で退廃的だったイギリス文学の旗手は大作家だったのか、などという議論はこの際どうでもいい。ワイルドは優雅で、奇抜で、苦悩に満ちていて、そのような作家として生きてきたが、男色問題で訴えられ、投獄される。出獄した後の世間は冷たかった。かつてオックスフォード大学を首席で卒業した秀才はほぼ完全に世の中から見捨てられる。

ワイルドは、存在するだけではなく、生きるというのは稀有なことだ、というようなことを言っていたが、結局、彼は梅毒で死んだとはいえ、なるほど世間のなかではなく、まさに彼自身のなかで生きることを完結させたのではないか。

ワイルドは人生最後の二年間をパリで放浪の果てに過ごすことになったが、スペインのある現代作家によると、死に際に「人生を知らないときはものを書いていたが、その意味がわかった今では何も書くことはない」と言ったらしい。そうでなくても、何も書かない作家というものがいるのである。彼らは文壇その他、世間の虚栄や虚飾を心底軽蔑している。先のスペイン作家はそれを「バートルビー症候群」と呼んでいるようだが、この堕落は、書くことにはじめから備わっているきわめて本質的な問題に暗い光を当てているように思われる。ワイルドはパリにいて何も書かないことで「幸福な王子」になったに違いないのだ。

しばらくしてワイルドの甥っ子だと名乗る詩人がパリに現れる。ダダイスト自殺三人組のひとりアルチュール・クラヴァンである。ボクシングの世界チャンピオンと戦って第一ラウンドでノックアウトされたり、詩集を乳母車で売り歩いたりした後、彼は嵐の夜にメキシコ湾に小舟で乗り出し、不帰の人となった。一九六八年の五月革命の火付け役となったシチュアシオニストの若者たちはパリ中に美しい落書きを書きなぐったが、その第一号はワイルドが亡くなったホテルから百メートルの壁に書かれたスローガンだった。「けっして働くな!」。この落書きがワイルドへのオマージュだったことは言うまでもない。

65　春死なん

私の母は女学生時代に詩歌班というのに入っていたらしく、中也その他の現代詩や、万葉集、古今集、新古今集の詩文をいくつか諳《そら》んじることができた。老年を過ぎてもまだ、突然いたずら娘のように、まるで空無のなかに透明な文字を吐き出すようにして詩や短歌を口にすることがあったが、そのなかには西行の有名な歌もあった。

願はくは花の下《した》にて春死なんそのきさらぎの望月の頃

（『山家集』）

漂白の歌人であった西行法師はこの歌のとおりに円寂したと伝えられているが、西行没後の定家や俊成の感慨を思うと、やはり（西行の）死は喜ばしいものだったということになる。僧であった西行が野垂れ死にしても浄土をめざしていたことは間違いあるまい。西行にあって、桜は死と強い結縁《けちえん》を結んでいる。高橋英夫『西行』のなかの素晴らしい表現を借りれば、散りゆく桜とともに「西行は現在生きつつあり、現在死につつあるのだ」。西行は死につつある。満開の桜がいまこの瞬間に音もなく舞っている。桜ははらはらと散っている。満開の桜は散ることしかできない。

春風の花を散らすと見る夢はさめても胸のさわぐなりけり

元永元年生まれの西行は、出家遁世の身空にあって、能にも登場することになる「諸国一見の僧」だった。彼は斜めに世の中を横切った。世の中など嫌いに決まっている。武家の出身であったフーテン法師は、憎まれ、殴られ、童子にさえ笑われた。『撰集抄《せんじゅうしょう》』によれば、吉野の山奥で、呪術によって骨から人を蘇らせたこともあった。歌を詠む人は必ずや見る人でなければならないが、西行は諸国山野をさすらって何を見たのだろうか。西行は七十二歳で没するが、その数年前に、平家は壇ノ浦で破れ、まもなく滅亡した。

まどひ来て悟り得べくもなかりつる心を知るは心なりけり
この春は君に別れの惜しきかな花のゆくへを思ひ忘れて

（以上、同）

母が重篤になった頃、山麓の病院へと続く並木道は桜が満開だった。今年の神戸は桜が咲くのが遅かった。桜を愛でるということはここのところ絶えてなかったが、今年は何か違う予感があった。しばらくして満開の桜も雨ですっかり散ってしまい、目の覚めるような青葉の新緑が私の眼を射抜いたその日に母は死んだ。

66　匂い

「匂い」と書けばいい香りがするが、「臭い」と書けばそうではない。くさいは「臭い」と書くのだから当然であるが、五感のなかでは、たぶん味覚と並んで（テレビ番組の食べ物紹介のコメントがどれもつまらないのは周知のとおりである）嗅覚が一番言葉にするのが難しいだろう。

知り合いに調香師がいて、彼の展覧会に短文を寄せたことがあるが、匂いそのものを表現することは至難の業である。香水は非常にデリケートな香りの配合によってつくられているが、独特のいい香りと臭い「かほり」は紙一重らしい。ヴェルサイユ宮殿には便所がなかったくらいだからフランスで香水が発達したのはむべなるかなである。エミール・ゾラの小説には花の香りについての記述があったと思うし、さすがプルーストというべきか、『失われた時を求めて』には匂いについての素晴らしいくだりがあるが、匂いそのものについて古今東西どんな優れた小説があるのか私は寡聞にして知らない。

「臭いを嗅ぎつける」ということがある。空気を読んで忖度したりすることなどより、よほどこちらのほうが大切である。「嗅ぎつけられる」ことは君子の瑕瑾だが、「嗅ぎつける」ことはある種の精神の仕事である。街や時代の「臭い」を嗅ぎつけるのは、かつては敏感な若者たちの特権だったと思うが、腐ったような臭気を含めて同じような臭いが漂っているばかりの世の中では、何かを嗅ぎつけることはますます困難になっている。

バロックの思想家だったイエズス会士のバルタザール・グラシアンは精神の「鋭さ」について一冊本を書いているが、「臭いを嗅ぎつける」ことは一種の鋭さかもしれない。この鋭さは、芸術のみならず、あらゆる事柄についての精神の「感度」のことである。日本でグラシアンはビジネス指南書というか処世訓のようなものとして翻訳されているようだが、どうも完全にピントが外れているように思えてならない。「地獄からの手紙」を書いてイエズス会を破門されかかったこの十七世紀スペインの思想家はかのニーチェにも影響を与えた。

日本の小説やエッセイに何かないかしらと思っていたが、芥川龍之介の「鴉片《あへん》」があったのを思い出した。フランスのクロード・ファレルや中国の兪樾《ゆえつ》を引いて、アヘンの匂いについて書かれた素晴らしいエッセイである。阿片戦争まで引き起こしたアヘンはすでにギリシア神話（モルヒネの語源である眠りの神モルペウス）やオウィディウスの『変身譚』に登場しているが、アヘンからは死臭がするという言い伝えは古くからあるらしい。

しかし繊細な芥川の見解はほんの少し違っている。「若《も》し鴉片の煙の匂に近い匂を求めるとすれば、それは人気のない墓地の隅に寺男か何かの掃き集めた樒《しきみ》の葉を焚いてゐる匂であらう」。アヘンだからといって、何もボードレールの『悪の華』の世界ばかりではない。芥川は最後に松瀬青々《せいせい》の発句を引用している。

初冬や谷中あたりの墓の菊

風情ある東京の下町谷中。　散歩の途中、谷中の墓地のそばまで来ると煙が上がっている。　芥川は香りを嗅いで陶然としている。　芥川には阿片を吸飲した経験があったのである。

（「鴉片」）

67　戦後マルチ作家？

二十世紀フランス社会には二つのトラウマがある。第二次大戦中にナチスドイツに協力したヴィシー政権とアルジェリア戦争である。一九四四年のパリ解放とナチスドイツの降伏によって戦争は終結したが、レジスタン派の勝利によって、その後、対独協力者の処刑やリンチが相次ぎ、フランスの社会はさながら二分されることになる。作家たちのなかにも亡命した者たちがいたし、処刑や自殺もあった。今でもフランス社会はその問題を引きずっている。戦勝国であるのに、けっして戦後はバラ色ではなかったのだ。町は荒廃し、すでに原爆の世紀が始まっていたし、フランスの若者たちにとって自分たちの未来の行動は混乱のなかにしかなかった。

ボリス・ヴィアンはそんな時代の寵児となった作家である。はじめ彼は公務員の技師だったが、やがてそれもやめてしまい、小説家、翻訳家、劇作家、ジャズミュージシャン、シャンソン歌手、作詞作曲家、ジャズ評論家、オペラやバレエの台本書き、映画監督、映画脚本家、俳優、レコード会社のディレクター、画家、美術評論家となった。一度にこれ全部である。最初の本『墓に唾をかけろ』（もう少し正確に訳すと『お前らの墓に唾を吐いてやる』）は、アメリカの新進黒人作家が書き、自分がフランス語に訳したことになっていたが、実は「一儲けしようぜ」というヴィアンと出版社スコルピオン士の悪ぞくみだった。本は大ベストセラーとなったが、その性描写、暴力描写故に風俗紊乱の廉で発

禁処分となる

当時のパリにはデューク・エリントンをはじめとするアメリカの名だたるジャズミュージシャンたちが大勢やって来た。そのなかにはマイルス・デイヴィスもいた（当時のガールフレンドは歌手で役者の、やはり戦後パリの寵児だったジュリエット・グレコだった）。ボリス・ヴィアンは本を書きまくったが、夜になるとサン゠ジェルマン゠デ゠プレの穴倉クラブ「タブー」でトランペットを吹きまくった。夜毎そこでは未来を拒否するかのような若者たちが踊り狂っていた。魅力的な彼らの姿はエルスケンなどの写真にしっかりと写されている。黒ずくめの実存主義者などと呼ばれたが、全員がサルトルを信奉していたわけではなく、いわばフランスのビートニクス、フーテン族のハシリだったのだと思う。

これだけの職業（？）をもったヴィアンだったが、彼の本質は作家とミュージシャンである。あとは仕方なく時代に要請された余禄にすぎなかったし、やる必要のない仕事だった。彼はとにかく戦争を心底憎悪した戦後作家だ。彼には言うべきことがあった。「俺はくたばりたくない／夢も見ないで眠る／メキシコの黒犬を知るまでは」。「脱走兵」の歌もうたった。彼は生き急いだように見える。ずっと心臓病だったのに、医者の忠告にもかかわらずトランペットを吹きまくり、自分が書いた原作の映画の試写中に心臓発作で亡くなった。享年三十九歳。遊び人のくせに働きすぎだった。

68　狂人の芸術

先日、生まれてはじめて学会というものに出席する機会があった。おまけに精神医学の病跡学会である。フランスの詩人アントナン・アルトーの話をしたのだが、そもそも私はこの詩人を精神病の疾病経歴だけから考えることをずっと拒否しているので、門外漢である私には精神病のお医者さんたちとは根本的なところで相容れないものがある。

会自体は、まあ、自由な雰囲気だったが、生意気なことを言うなら、議論が深まることもなく曖昧に腕押しというところだった。一方にアルトーという歴史的身体があり、他方には病人がいる、といったような観点を私は受け入れることができない。アルトーにはたしかに病んでいた時期があるけれど、ほとんど私はアルトーを狂人作家だとは思っていないのである。

勿論、分裂病だったと言われるアルトーに限らず、このことは文学や芸術を考える上で非常に複雑な問題をはらんでいることはよくわかっている。アルトーは精神病院に監禁された後も、ほんとうに狂人だったのかと疑ってしまうくらい超明晰といえる文章を書くことができたし、そのこと自体が精神医学にとって一般化できない解決不能の難問のままなのである。

しかしいわゆる狂気の発作を起こした後に、それまでの活動を放棄するかのように、死ぬまで長い沈黙を守った人たちもいる。すぐに思い浮かぶのは十八世紀ドイツの詩人ヘルダーリンと、二十世紀ロシアバレエのダンサー・ニジンスキー、そして哲学者ニーチェである。

まるで古代ギリシアにいるかのようにドイツ・ロマン派のなかでも特異な位置を占めていたヘルダーリンは、詩人としてのキャリアの最後に「狂気の詩」と呼ばれるいくつかの謎めいた詩篇を残した後、三十五年以上も塔のなかに閉じこもった。『ニジンスキーの手記』が書かれた後は、あの驚異的な跳躍と天使のように中性的な身のこなしを人々がもう見ることはなかったし、ニジンスキーは、三十年以上も精神病院をたらい回しにされて空しい闘病生活を続けた。亡くなったのは第二次大戦後である。ニーチェはイタリアのトリノで馬の首に抱きついて狂気の発作を起こした後、十年以上家に引きこもり、訪ねてくる友人たちにも何の反応も示さなかった。これらの時期の彼らには、まるで昏睡状態に陥ったかのように「作品」の時間がきれいさっぱり消え失せているのだ。作品とはつまり営みのことである。

最近、アウトサイダー・アートなどという呼び方で再び脚光を浴びている「アール・ブリュット」の芸術家たちはむしろ上記の三人とは正反対の傾向を持っているようだ。彼らは「創造」に関して貪欲でありながら、「文化的芸術」の外で、芸術が当然そうあるべき姿のままで創造行為をなし得ることを逆説的に証明した。彼らは芸術のことなどあずかり知らぬ「芸術家」である。最近は、彼らのことを自閉症の画家などと呼んで、医療や福祉の観点から取り上げるきらいがあるが、したがってこれにも私はいささか違和感を覚えるのである。

69　月山

初夏、山形に行く機会があった。舞踏家・故室伏鴻《むろぶしこう》の足跡を辿る、まあ、そんな旅だった。彼は土方巽の弟子になった後、一九七〇年に湯殿山で修験道の山伏修業のために山に入った。羽黒山、月山、湯殿山の出羽三山である。山伏、室伏。彼は木乃伊《みいら》の踊りも踊ったのだし、彼の名前と彼自身のなかにはずっと霊山の修験が息づいていたに違いない。

月山、美しい名前だ。月山を望む真言宗の古刹、注連寺《ちゅうれんじ》にも行った。かつて月山は女人禁制だったから、女性はこの寺から月山を拝んだらしい。本地垂迹《ほんじすいじゃく》を地でいく神仏習合の地である。注連寺には即身仏となった鉄門海上人の木乃伊も安置されている。鉄門海はかつて役人の言動に腹を立て人を殺《あや》めたこともあったが、出家して苦行を積み、衆生救済のために自分の左目をくりぬいた。一種の生贄として即身成仏したのは空海と同じ六十一歳の時である。山形で他の即身仏も見たが、鉄門海の木乃伊はどこか一味違うように思えた。他に参拝客もいたのでさすがに木乃伊との対話は叶わなかったが、ちっとも怖くないのである。

注連寺に行きたかったのにはもう一つ理由があった。そこが森敦の名作『月山』の舞台だったからである。森敦はこの注連寺に一年ほど居候をしていたことがある。当時の注連寺には住持もおらず、荒れ寺を守るじさまだけがいて、森敦は庫裏《くり》の二階に紙の祈禱簿でつくった蚊帳をはって厳しい風雪の冬を耐えしのいだ。

　森敦は一高を中退した後、二十二歳で横光利一の推奨によって『東京日日新聞』にデカダンの香りも若々しい『酩酊船』を連載し、華々しくデビューする。しかし太宰治、中原中也らとともに文芸同人誌『青い花』の創刊に加わるも、そこで作品を発表することもなく、その後長い沈黙の歳月に入る。作家自身の言によれば「遊んで」いたのである。光学会社やダム建設の仕事に携わったりしながら、各地を転々とするが、注連寺に滞在したのは三十九歳の頃だった。その後、六十二歳で『月山』によって芥川賞を受賞。こんな風に書き連ねればあまりにも簡単だが、その作家としての生涯は、『酩酊船』のもうひとりの作者ランボーに負けず劣らず尋常ではなかったと思う。

　全編山形弁で書かれた『月山』は比類のない不思議な小説だ。出羽の山々のふぶき（吹雪）と同じく輪郭というものがつかめないのである。森には数学的思考、とりわけトポロジー的思考がある。「境界がそれに属せざるところの領域を内部といい、境界がそれに属するところの領域を外部という」、別の本（『意味の変容』）で森はそんな風に語る。そして全体概念である内部と外部はともに相殺され、境界の消えた茫洋とした世界が現れる。何かが変容したのだ。そしてこの無境界の世界は、月山がそうだったように森の「死生観」の世界である。

　注連寺には「すべての吹きの寄するところこれ月山なり」という森の書いた碑がある。これを書いているちょうどいま台風の暴風雨が神戸に迫っている。すべての吹きの寄するところで、さて、私はどうしよう。

70　歴史は繰り返す

私の父は旧制広島高等学校の学生だったとき被爆した。無傷だった父は行方不明の学友で生き残っている者があれば救おうと空しく爆心地へ赴くことになるが、最初に小高い台地に立ったときのことである。「広島の街に見えるものは、ところどころに残るビルの残骸と、ところどころに立ち昇る煙だけであった。ただ眼前に一つだけがあった。それは傾いた電柱に引っかかった馬の頸であった」、彼はある冊子にそう書いている。

アメリカ領事館員だった祖父は、戦争勃発後、スパイ容疑で特高警察に逮捕拘留された。身に覚えのない祖父は一年後に釈放されたが、拷問によってからだじゅう青痣だらけだった。

母方の曾祖父は戦前ベルリンで大きなレストランを経営していた民間人だったが、海軍の情報局に属する本物のスパイの高官だった。そんなことは戦後何十年も経ってから外務省の極秘文書を調べてわかったことで、それまでは家族の誰も知らなかった。曾祖父はまさに戦争勃発直前にベルリンで没したが、遺体も財産も返ってこなかった。

母方の祖父は中国蘇州の憲兵だったが、親戚には特攻で戦死した者もいた。戦争のことなどそれまで黙して語らなかった祖父が死の直前に私を呼びつけ、対座した私にこう告げた。「事件が起こって捕まえてみるとたいていが日本人だった。日本人は悪かったぞ」。

神戸の歌人南輝子さんの父はジャカルタの製紙工場長の民間人だったが、戦後日本軍への報復のために蜂起した原住民によって部下とともに虐殺された。五十三体の遺体はジャングルの奥深くひそかに埋められたが、日本政府は事件そのものを隠蔽した。混じり合った骨や頭蓋骨が掘り起こされたのは一九八〇年になってからである。南さんは父の顔を生まれてこのかたついに見ることはなかった。

父のため頭蓋のひびをそつとひらき南十字星の悲しみを聴く

（『War is over! 百首』）

戦争などやめておいたほうがいい。ろくなことはない。悲しみ、苦しみ、人生を一変させられるのは庶民、個人であって、国家ではない。戦争を始めるのもまた国家政治を後ろ盾にした人間である。戦争をやりたがっている人が最近も大勢いるが、言い出しっぺの政治家本人やその家族が卑怯にも戦地に行かないことは必定だ。現在の兵器は我々の想像をはるかに超えるものだから、一度本気で戦争を始めれば全員一巻の終わりである。死ぬのは他人ばかりではない。それにローマ帝国の歴史などを少しでも斜め読みすればわかることだが、人間は益体《やくたい》もなく同じことを繰り返し、同じような欲望や矜持とやらで半狂乱になって、最後にはあの強大な帝国ですらも滅亡してしまうのである。

坂口安吾は一九五二年に「もう軍備はいらない」というエッセイに書いている。「人に無理強いされた憲法だと云うが、拙者は戦争はいたしません、というのはこの一条に限って全く世界一の憲法さ。戦争はキ印かバカがするものにきまっているのだ」。私もまたバカその他にならないように心しておきたい。

71　中原中也

詩というものは最初から最後まで行方不明である。中原中也の詩には、その人と同じように、「消え入るもの」の音楽が宿命のように鳴り響いている。

ともかく中也の詩の最良のものは、すべてこの音楽によって出来ていると言ってもいいほどである。中也の詩が音楽的であると言っているのではない。少なくともそれだけではない。それなら他処《よそ》を探すこともできる。私が言いたいのは、音楽もまた「消え入るもの」であるのだから、その詩が音楽そのものであり、音楽と同じような組成でできていて、言葉の意味や日本語の特質というものを、詩的感興のおもむくままに、まったく別の次元で別の手触りでつくり出すことができたという意味である。いくらデタラメな暮らしをしていても、中也はそのために血ヘドを吐いたのである。

彼は音楽集団「スルヤ」とのつながりをもっていたし、彼らの音楽のために歌詞を書いたこともあった。しかしその後、中也は明らかにそのことに嫌気がさしていた。そこに中也の音楽はなかったのだ。もし日本の詩のなかにこの「音楽」めいたものを探すとしたら、宮沢賢治の『春と修羅』しかないだろうし、中也自身もそのことを認めていたようである。

故郷山口の中学校を落第して京都の立命館中学に転校し、京都暮らしを始める。年上の女優の卵、モガの長谷川泰子との同棲生活が始まる。高橋新吉を読んで感銘を受け、自らダダイストをもって認ずるだけでなく、ダダイスト風の詩も書いた。言うまでもなくダダイストは生活においてもダダイストであり、またそうでなければならない。

早熟な不良少年は片っぱしから本を読んだであろうし、もしかしたら自分を理解してくれるかもしれない友人、これまた天才肌の優れた詩人富永太郎と知り合えたというのに（富永は一年後に早逝）、誰彼ところ構わず喧嘩をふっかけることをやめなかった。終生（といっても短い間だ）の友となる小林秀雄とも知り合うが、泰子は小林のもとへ出奔してしまう。

「汚れつちまつた悲しみに／今日も小雪の降りかかる／汚れつちまつた悲しみに／今日も風さへ吹きすぎる……汚れつちまつた悲しみに／なすところもなく日は暮れる……」。悲しみは最初から汚れていたのである。彼は誰からも心の底では疎《うと》まれ、理解されなかった。彼は幻を見て狂い回っていることをちゃんと自分でわかっていた。だから中也の詩はあんなにも優しく悲しいのである。だからすぐに死んでしまった中也の実の二人の子供と同じように、三十歳でこの世とおさらばする中也自身がひとりの「死児」なのだ。

昔、私もまた不良少年だった頃のことだが、京都百万遍近くに幽霊長屋と呼ばれる古い下宿屋があった。かつてここに中也も住んだという触れ込みだった。知り合いがいて、泊めてもらったことがあった。真夜中に外が騒々しいので覗いてみると、黒いマントを着て高下駄を履いた男が玄関前の路地を走り過ぎて行くのが見えた。闇夜なのに男の後ろ姿はやけに鮮やかだった。

72　如亭山人

自分の名前や小説には臆面もなく漢字を使っておきながら（万葉歌人や平安女流文学のように全部ひらがなで書くこともできる）、中国文化の偉大さをことさら強調することになる漢文教育などやめてしまえ、と恥ずかしげもなく喚き散らす作家先生がいらっしゃるが、この三文作家が政権の息のかかるお笑い日本文化会議に名を連ねているような情けないご時世である。

だからというわけでもないが、今回取り上げるのは江戸時代のデカダンな漢詩人柏木如亭《かしわぎじょてい》である。柏木如亭は家督として大工の棟梁となったが（江戸城の普請を任じられた御大工棟梁）、それをやめて漢詩人になった人である。以前は高価な稀覯本でしか読めなかったが、『柏木如亭詩集』（揖斐《いび》高《たかし》訳注）が完結し手軽に読めるようになった。

ランボーの九歳年下だった如亭は、生涯、遊行三昧の生活を送ることをやめなかった。困窮しても放蕩をやめる気配はなかった。それが結局のところ詩作のためだった、詩作のためになったと結論づけることに私は吝《やぶさ》かではない。しかしデカダンの根はもっと深い。

如亭は頼山陽《らいさんよう》たちとも親交があったし、漢詩の世界に新風を吹き込もうとしていたのだから、エリートたちが居並ぶ当時の江戸の漢詩壇を知らないわけではなかった。これらのエリートたちからは立身出世にまつわるつまらぬ雑音ばかりか、権力と接した「政治」の悪臭もしたことだろう。同じ江戸時代の蕉門の俳人たちのイザコザなどから察すれば、そこで「反俗」を地で行くのが相当困難なことであったのは想像に難くない。
如亭は江戸を離れ、上州、信州、越後などを転々とし、遊蕩を繰り返し、美食を好み（酒はまったく飲まなかった）、遊妓と交わったり、どこそこに寄寓したりして、最後は京都で没しているのだが、揖斐高の解説によれば、「作詩の場においてだけは謹厳な態度を崩さなかった」というのである。詩に対して、いわんや自分や他人の詩作（如亭は門人に詩や絵の手ほどきして鳥目を稼いでいた）に対してあくまでも厳格であったということは、他のことなどどうでもよかったということである。しかしなかなかそうはいかない、いかに風流といえども……。だからこそ如亭の詩には、漂白の身空で無《ぶ》聊《りょう》をかこちながらも、小さな「時間の緊張」のようなものがあったのだし、それが私をはっとさせるのである。

援筆明窓書適意（筆《ふで》を援《と》りて明窓《めいそう》適意《てきい》を書《しょ》す）
研池日暖未昏黄（研池《けんち》日《ひ》暖《あたた》かにして未《いま》だ昏黄《こんこう》ならず）

詩人は明るい窓辺で心にかなうことを書こうとしているが、日暮れまではまだ時間があって、硯の墨だまりに陽の光が射しているのが見えている。神経質な如亭はそれを見ざるを得ないのだ。漂泊の月日のなかにあって、『桃花源記』の山川は遠くにあり、時はゆったりと流れていたが、それに比べて、この目の前の硯に当たる日差しはほぼ一瞬のことなのである。

73　小鳥の言葉

後に聖人に列せられるフランチェスコはイタリア・アッシジの大金持ちの息子だったが、家も何もかも捨てて浮浪者のような暮らしを送り、生涯、野人の修道士となってキリストへの愛を貫いた。「裸のキリスト」に裸一貫で従ったのである。彼は司祭ですらなかったが、小鳥に説教したと言われる。誰もいない砂漠で独り説教を続ける修道士もいたが、聖フランチェスコはイタリアの緑豊かな森で小鳥と対話ができたのである。

彼を敬愛する人たちは後にフランチェスコ会をつくったが、この会に属する十三世紀から十四世紀にかけての神学者たちがいる。聖ボナヴェントゥラ、ドゥンス・スコトゥス、オッカムのウィリアムである。私はこのフランチェスコ派神学者たちに惹かれるところがあるが、小鳥の言葉はやがて近代科学にも通ずる大胆な「神の学」となった。

当時のカトリック教会はご多分に洩れず内部抗争の様相を呈していた。中世もルネサンス時代もひどい混乱のなかにあったのである。そしてキリストの清貧、異端審問、魔女裁判などなどをめぐる権力闘争の根幹には紛れもない神学論争があった。ショーン・コネリー主演の『薔薇の名前』という映画があったが（原作はウンベルト・エーコの小説）、そのあたりの生々しい軋轢の様子をわかりやすく、うまく描いていた。こうしてフランチェスコ派はキリスト教理論の主流だったドミニコ派トマス・アクィナスの神学におしなべて逆らうことになる。

ボナヴェントゥラに続き、「精妙博士」と呼ばれたオックスフォードの神学者ドゥンス・スコトゥスはトマス神学の基礎になっていたアリストテレス哲学に激しく反駁する。神の無限をめぐってアリストテレスの権威は失墜する。「無限」は、どこまで行っても数えることのできる自然数がそうであるように潜在的なものではなく、極めて現実的な「実無限」だと彼は主張する。この難解極まる議論は現代数学のようでもあり、不思議なことにゲオルク・カントールの「超限集合論」に似たところがあったとだけ言っておこう。

私のように数学のことなどたいしてわからなくても、スコトゥスの議論がとても美しいものだったことだけは感じとることができる。この世の物事の本質に迫れば迫るほど、この世にあらざるものを発見してしまうように美しいのだ。繊細な「小鳥の言葉」は、こうして今も昔も宇宙のまことの姿であると彼らの主張する「神の無限」をめぐって急旋回することとなった。

十九世紀イギリスの詩人ジェラード・マンリー・ホプキンズは「オックスフォードのドゥンス・スコトゥス」という詩のなかで「この上なく繊細なきめをもつ現実を解きほぐす人、比類のない測深者よ」と彼を讃えた。ドゥンスという名前は敵による蔑称で、「うすのろ」という意味である。彼は原罪なしに生まれたとされる聖母マリアの教義の基礎をつくり、「マリア博士」とも呼ばれたが、フィリップ美男王によってソルボンヌ大学を追い出され、フランスから追放される。最後はドイツのケルンで没した。殺害されたという説が有力である。

74　枕頭の書

いまは寝床でなるべく本を読まないようにしているが、ずっと以前は私にも枕頭の書があった。枕頭ばかりか、どんなところにも持ち歩いていた。ロートレアモンの『マルドロールの歌』という本である。散文詩とも小説ともつかぬ十九世紀の奇書で、最初、数人の同時代人にしか認められず（メーテルリンクはそのうちのひとりだった）、おおむね「狂人」の書いたものと受け取られた。

私は本を携え、自分を含めたあらゆるものが孤絶していることを確認でもするかのように、いろんな場所でこれを読んだ。枕元、部屋、駅のベンチ、電車、山麓のダムの上、雑木林、浜辺、喫茶店、食堂、友達の家、車の中……。だがこの本をいまだに私はよくわかっていないのだ。

世界の文学史上、この悪夢のような書が稀有な本であり、重要な一冊であるという考えは変わらないし、今でも気になって手にとることもあるのだが、これほど気がかりな本を私は理解しているとは言えないのである。難解な作家でも作品と作者両方を取り巻く一種の空気感までわかったような気にさせてくれる著者たちもいるというのに、何十年も読んできたこの本は謎のまま私を拒絶するようなところがある。

ひょっとして、この「本のある情景」は、本は枕元にあったことだし、虚しい邯鄲《かんたん》の夢枕の一幕にすぎなかったのか。それとも邯鄲師とは枕泥棒のことだから、そもそも枕頭の書とは人の夢を盗んで

しまうものなのか

一八四六年、ロートレアモンはウルグアイのモンテヴィデオで生まれた。パリに出た後この本を書くが本屋の店頭には並ばず、無名のまま一八七〇年に誰にも看取られることなくホテルの部屋で死去した。部屋にあったのはピアノが一台、トランクが一個だけ。当時、フランスの政情は混乱の極みにあり、パリ・コミューン前夜だった。

この本がやっと有名になったのは二十世紀のシュルレアリスト詩人たちによってであり、「ミシンと蝙蝠傘の手術台の上での出会いのように美しい」という一節はシュルレアリスムの美学の原型になった。その後も全世界の前衛的な作家たちによってこの本は偏愛され、参照されることになる。私がこの本を読み始めた頃は作者の顔も知られておらず、サルバドール・ダリの描いた天使のような想像画だけが印象的だった。それが謎に拍車をかけていたことは否めない。

さすがに今では伝記的研究が進み、著者の学生時代などが少しはつまびらかになり、写真も発見されたが、だからといって、古典的文体で書かれながら古典的事柄を完全に逸脱してしまう世紀の脅迫のようなこの『歌』がなんであるのかより明瞭になったわけではない。重箱の隅は隅のままだ。著者にはもう一冊だけ本名であるイジドール・デュカス名義の『ポエジー』という本もあるが、見かけの上のことであるとはいえ、これ以上矛盾した二作品はないのだから、いまだに批評は奥歯に物が挟まったままのようだし、そんなことを尻目に、作者のロートレアモンは作品もろとも作品の背後に姿を消したままなのである。

75　牢獄と宇宙

一八三〇年の七月革命以来、十九世紀フランスのほぼすべての左派革命に参加し戦ったパリ・コミューンの革命家がいる。ルイ・オーギュスト・ブランキである。その後ブランキは何度も逮捕・投獄され、生涯の幽閉年数を合計すれば三十三年にもわたった。何があっても彼は牢獄に閉じ込められた。政治思想家があらゆる政治体制によって否定されるというのはどういうことなのか。こんなことに匹敵できるのは、やはり生涯の大半を監禁の日々のうちに過ごした十八世紀の作家サド侯爵くらいだろう。

さすが芥川龍之介はずっと早い時期にブランキについて的確なことを書いているが、いでたちはいつも黒ずくめ、禁欲的で頑固一徹なこの不退転の革命家は、『革命論集』の著者であった。かのマルクスによって賞賛されたが、一九六〇年代から七〇年代の日本では、むしろ「ブランキスト」（ブランキ主義者）という呼称は蔑称的な響きがあって、無計画な「過激派」を意味することが多かった。事の正否はともかく、近代的意味において、ブランキが行動の面における「過激派」の最初のイメージをつくり出したことは間違いない。

革命家としてのブランキの真価を示すひとつのエピソードが残されている。彼は欠席裁判によって国家反逆罪で死刑判決を受け、一八七一年三月十七日、フランス各地で蜂起しプロレタリア独裁を宣言したパリ・コミューン勃発の前日に逮捕される。ブランキが「パリ・コミューンの頭脳」であったが故の不当逮捕だったが、ブランキはコミューン政府の大統領に選出されていたので、この自治政府はパリ大司教を含めた七十四人の人質とブランキただひとりの交換を要求したが、時のヴェルサイユ政府はこれを拒否したのである。

この逮捕によってブランキはトーロー要塞に秘密裡に監禁される。古い要塞は荒波にもまれるブルターニュ半島の岩礁の上に築かれた陸の孤島だったが、この劣悪な環境のなかでブランキはとても美しい不思議な一冊の本を書いたのだ。題して『天体による永遠』！　パリ・コミューンは大勢の犠牲者を出し、革命は潰走し、コミューン側にはブランキを救出しようとする不穏な動きもあったが、この難攻不落のネズミの棲み家で、ブランキはひとり昼も夜も星を思い、書き続けた。彼は牢獄のなかから、もしかしたら見えなかったかもしれない星を見続けたのだ。

とても詩的で感動的ですらあるこの本のなかで、当時優勢だったラプラスの彗星理論をブランキは批判している。ハレー彗星はルネサンス絵画のなかにも目をみはるような形で描かれているくらいだから、宇宙を放浪するこの天体に余命いくばくもない孤独な囚人ブランキがひときわ強い関心を抱いたとしても不思議ではない。彼は彗星と黄道、宇宙の誕生、物質の有限性と宇宙の無限について論じた。「トーロー要塞の土牢のなかで今私が書いていることを、同じテーブルに向かい、同じペンを持ち、同じ服を着て、今と全く同じ状況のなかで、かつて私は書いたのであり、未来永劫に書くであろう」。ここでの革命家は永劫回帰のヴィジョンを語るニーチェにそっくりなのである。

76　十一谷義三郎

神戸の古い友人のNに久しぶりに会った。杉の木や柘植《つげ》のようにとは言えないまでも、彼も私もまだ生きている。われわれの益体もない記憶は夏の日の大通りみたいに真っ白になり、ゆらゆらしている。

「神戸ゆかりの作家、誰がいたっけ？」

「十一谷《じゅういちや》義三郎がいるじゃないか」

そうだった。杉の香りもかぐわしいNは江戸時代から続く酒樽屋の親方であるが、若い頃から文学に驚くほど造詣が深く（彼は年上なので、まだガキだった私にいろんなことを教えてくれた）、雑誌に十一谷について書いたことがあった。

十一谷義三郎はいまでは忘れられた作家のひとりかもしれないが、明治三十年、神戸元町生まれの小説家である。出生の地はかつて元町通三丁目にあった海文堂書店の裏手あたりだったらしい。神戸一中（現神戸高校）を卒業。三高を経て、東大卒業後、作家となる。

彼は蒲柳《ほりゅう》の質の秀才で、貧しかった子供時代は苦学した。灘五郷の酒造家である高嶋太助は恵まれない子供たちの勉学を助けるために「明徳軒」という塾を創設したが、義三郎はそこで十八歳まで学ぶことができた。甲南漬の高嶋平介の義兄であるこの高嶋太助が、貧しい義三郎を全面的に援助したのだった。当時の素封家には立派な人がいたのである。

最初、文芸雑誌『文藝時代』の同人になるが、同じ頃、この雑誌の中心には、川端康成、今東光、横光利一、稲垣足穂がいた。「新感覚派」の作家などに分類されるが、このような文学史的分類それ自体にはあまり意味はないし、そうだからといってこの作家のすべてがわかったことにはならない。ただ川端康成の文学とは共通点をいくつか見つけることができる。短篇の文体のモダンな軽さ、芯の暗さとほんのりとした明るさ、若々しい希望のもつ控え目な美しさと希望のなさ、風俗描写における心理主義的拘泥への拒否、死への願望……等々。

小説の舞台は港町であることが多いし、神戸を舞台にした小説には「街の犬」と「跫音」があるが、もちろん幼少の頃から当時の元町で見てしまった光景が色濃く影を落としたのだろう。義三郎は小説に好んで孤児、場末や貧民窟の人々、精神病者、売春婦、乞食、体の不自由な人たちを登場させた。『唐人お吉』は人気を博し、溝口健二によって映画化された。今回いくつか読み返してみたのだが、浮浪者のたむろする洞窟で死にゆく阿片中毒者の女性を描いた佳作「癮者《いんじゃ》」が私の心に強く残った。

義三郎は三十九歳で早逝するが、一日に金色蝙蝠《ゴールデンバット》を十五箱も吸うヘビースモーカーで、やはり最後は肺結核だった。「自分の得意な詩を、頰や指さきに入墨して、銀座を歩く詩人があつたら面白からう。僕にはそんな詩が無いが、その代わりに、僕の指紋には、いつも金粉が鏤《ちりば》めてあるし、僕の袂には、金の蝙蝠が六匹這入つてゐる……」（「バット馬鹿の告白」）、彼はゴールデンバットをくゆらしながらそんな風に書いている。

77　薄い街

四月に神戸ハンター坂のギャラリー島田で催されていた藤本由紀夫展に行った。藤本由紀夫は規格外の国際的美術家だが、旧知の仲である彼のなかには、十七世紀のイエズス会士でありバロックの思想家であるアタナシウス・キルヒャーや、二十世紀の美術家マルセル・デュシャンの青い血が流れているとかねがね思っていた。藤本由紀夫は美術を音から発想したのだし、すべてのモノはすでに五感のレディメイドなのである。おまけにその日は頑固な彼がギャラリーで稲垣足穂について語るというのだから、これは行かない手はないとなおさら思ったのである。

稲垣足穂と神戸。ハンター坂を登りつめたあたりから、山本通を通り、かつてその威風を誇った東洋一のホテル、トアホテルの角を曲がって、トアロードを下り、ぶらぶらと元町へと至る。これが少年足穂の散歩道だった、とその談話は始められていた。処女作『一千一秒物語』はこの散歩によってひらめき書かれることになったのだ。「お月様でいっぱいで／お月様の光でいっぱいで／それはそれはいっぱいで……」。

稲垣足穂は明治三十三年に大阪に生まれたが、明石や神戸で育った。神戸の街を思わせる作品はいくつもあるが、『明石』や、神戸の平野が舞台の『鉛の銃弾』という作品もある。阪急王子公園駅近くにあった関西学院普通部の煉瓦造りの学校に通った。その前を市電がまだ走っていた頃である。

当時の足穂に、晩年の風容から想像するのが難しいが、モボ、つまりモダンボーイだった。モダンな少年だったのだから、飛行機や機械への志向は彼の本領だった。当時の文学における自然主義、心理主義的傾向を受けつけなかった後の作家稲垣足穂にとって、未来派、ダダイスム、シュルレアリスムの機械的イメージへの傾倒は、藤本由紀夫と同じく生まれつきのものであったと言っていいくらいである。だからメカニックな文学というものを十分構想できるのである。だがこの抽象性はいわゆる抽象芸術とはまた一味違っていた。

足穂はお月様と星についての不思議なコントから作家を始めたのだし、お月様と喧嘩したり、星をポケットに入れたりしていたのだから、彼には最初から天文学への憧憬のようなものがあった。かくしてド・ジッターの宇宙について熱心に語った足穂の時計は遠方で遅れ、がら空きの宇宙のなかで未来と過去はつながってしまうことになる。足穂の天文学をここで詳述する余裕はないが、彼の言う「薄板界《はくばんかい》」もその憧憬のスクリーンに映し出された映像のひとつだったかもしれない。デュシャンのメモにあった「アンフラマンス」（極薄）という概念に似ているようにも思うが、足穂が言ったのはずっと早い時期である。

「ぼくが考察するに、この世界は無数の薄板界の重なりによって構成されている。それらはきわめて薄く、だから、薄板面にたいして直角に進む者には見えないけれど、横を向いたら見える」（「タルホと虚空」）。薄い街は非ユークリッド的にどんどん薄くなり、消えかかっては、また濃くなるだろう。そこを通ればお月様にだって行けるらしい。初夏の宵か明け方にハンター坂を一人で下りてゆくと、君の目の端に薄板界の入り口が映っているかもしれない。

78　言葉はどこから

言葉はどこから来るのか。文章はそのままひとつの思考ではない。人の思考はたぶん言語だけからできているのではない……。

哲学者であるフランソワ・マトゥロンは、二〇〇五年十一月、脳卒中の発作に見舞われる。病院に担ぎ込まれてすぐ言葉がほぼ喋れなくなる。言葉を操ることを生業とする哲学徒が言語との関係を失ってしまったのである。まだやるべきことがたくさんあるのに、堪能だったイタリア語や英語は読むことさえままならなくなった。最初うわごとのように発することのできた言葉は「野菜にはなりたくない」だった。まずファースト・ネームが失われる。ものの名前を思考のなかに定着させることができない。妻の名前も忘れそうになる。キャロルという名前だけは忘れたくない。キャロル、キャロル……泡沫のようないくつもの単語。百の言葉が頭のなかに現れては消えてゆく。

著名な言語学者であるソシュールは、記号の助けがなければ、つまり言語以前には、思考は星雲のようなものであり、そこでは二つの観念を区別することはできないと考えた。マトゥロンは卒中を起こす前からこの考えはうさん臭いものだと思っていたが、言葉を失って改めて彼の確信は肉体的真実となった。そして言葉は肉体的現実であった。

彼もままならないリハビリの最中に「書く」ことを勧められ、彼は少しずつ書き始める。最初は

テープレコーダー　続いてコンピュータの音声入力装置を使って。多くの言葉を忘れてしまった。忘却は彼を苦しめたが、記憶は空っぽではなかった。もちろんこれは言語を取り戻す過程にあり、それが書かれることになるのだが、こうして彼の著作『もはや書けなかった男』（市田良彦訳）の原型となる最初のテキストが示されたのである。

闘病記としてだけでなく、哲学、医学、介護、文学、様々な観点から読むことのできる本書は、翻訳書としても特異な経緯をもっている。著者マトゥロンはフランスの哲学者アルチュセールの研究家で、遺作の編纂者でもあるが［マトゥロンは二〇二一年コロナによって死去］、同じくアルチュセールの専門家である訳者の市田良彦は著者の盟友であり、ともにイタリアの哲学者アントニオ・ネグリを首領とする国際的雑誌『マルチチュード』の編集委員でもあった。市田は原著フランス語版の後書きも書いていて、最初から最後まで特別な形でこの本と関わることになった。

脳卒中から五年後、マトゥロンと市田はアルチュセール哲学をめぐるコロキウムにコンビで登壇する。マトゥロンはまだ歩行も発話も困難だった。その後も二人はアルチュセールやスピノザについての発表を続行するが、その際の文章が本書にも随所に挿入されていて、肉体の力能と無力についてのスピノザ的な問いを我々に鋭く突きつけている。

彼らの師アルチュセールは「僕は自分と直接関わりのないことを理論において何も理解できない」と言ったが、ペーソス溢れる映画の登場人物のようなこの二人は、あくまでも師の教えに忠実であった。言葉は言葉の破綻と再生、発見であるばかりでなく、ここでは友情の証しでもあるのだ。

79　五月の作家たち

今年は一九六八年の五月革命五十周年にあたる。ストラスブール大学、続いてソルボンヌの学生紛争に端を発した五月革命は、ゆうに一千万人を超える学生と労働者がフランス全土で激しいゼネストを決行し、街路にバリケードを築き、パリ・コミューン以来の、あらゆる自治を標榜する動乱となったが、しかしこの運動はフランスのみならず、インターネットも携帯電話もなかった全世界の大都市で奇しくも同時に発生した。絶対的自由の嵐の予兆はすでに全世界に広がっていた。日大や東大をはじめとする大学紛争のピークもほぼ同時期にあったのだし、それは日本全土に波及し、東大安田講堂占拠の攻防が陥落するのは次の年である。

今年、アメリカ人写真家ウィリアム・クラインの展覧会が東京で催されていたが、そのクラインが五月革命のパリを実写し監督したドキュメンタリー映画がある。街頭闘争やパリの大学構内、占拠されたオデオン座などを記録したその映画のなかに、ある会議の様子が映されている。「現実主義者たれ、不可能を要求せよ」といったスローガンで知られるグループである。「学生・作家行動委員会」と称せられたその委員会には、学生たちの他に、ディオニス・マスコロやロベール・アンテルムなどの左翼知識人、アナーキスト活動家ジャン・ゲラン、ジャン・シュステルを中心とするシュルレアリストたち、社会学者のジャン・デュヴィニョーらが参加していた。

作家たちもいた。マルグリット・デュラスやジャック・ベルフォワ、クリスティアーヌ・ロシュフォール、ミシェル・レリスやルイ＝ルネ・デ・フォレといった面々だが、後にデュラスは「拒否以外の何ものも我々を結びつけないのだと思う」と証言していて、グループ自体はあくまで非組織性を共同性の核心とする過激な政治的実践のただなかにあった。そしてオブザーバーとしてその委員会に出席していた、プルーストの翻訳で知られる鈴木道彦の証言によると、マスコロやシュステルがつかみかからんばかりの激しい議論を戦わせるなかで、ひとり議論の動静を窺い、注意深くそれに耳を傾ける寡黙な年配の男の姿があった。

高名な文学批評家モーリス・ブランショその人である。ブランショは『文学空間』や『来るべき書物』に収録された文章や小説によってフランスの文壇のなかに特別な、しかし確固たる地位をすでに築いていたが、当時、もう六十歳寸前だったブランショは、パリの緊迫した状況下にあって、あくまでひとりのメンバーとしてそこにいたのである。ブランショは沈黙によって行動していた。このグループは質の高い文章からなる堂々たるビラやパンフレットを発行していたが、明らかにブランショが起草したとおぼしい文章にも彼の署名はなかった。この匿名性の徹底はひとつの偶発的政治グループの本質の表明であり合図だったのである。

だが今は亡きブランショの沈黙はすでにどこかへ消えてしまったのか。五月以前と五月以後の作家たちがいた。「火星人」ならぬ「五月人」がいた。どこに？　たぶん今もあちこちに……。では、日本は？

80　道元

お盆の送り火の日に、京都の爆音ライブで山本精一の超絶ノイズギターと共演していたのだが、私が日本人であるからだろうか、それとも京都にいたからであろうか、お盆をお盆から切り離すことができなかった。それでなぜか、地獄の蓋も閉まったはずの深更、いや、朝方にまで及んだ酔いも手伝って、不埒にも仏教思想のことを思った。そんなことを言うと、敬虔な仏教徒みたいであるが、ただ私は道元和尚のことを思い出していたのである。

長い間、日本の最高学府であった比叡山延暦寺は、良源、源信、法然、栄西、親鸞、日蓮など多くの名僧を輩出したが、親鸞や日蓮とほぼ同時代を生きた道元もそのひとりである。彼らはみな山を降りて、エリートであることから自ら離脱し、解脱した。出家しているのに、心によってであれ、ある意味で俗界に入って行ったのである。道元は日本の曹洞宗の開祖であるが、心身脱落《しんじんだつらく》の思想とはまずそのようなものであろうし、そのようなものでなければならなかった。世は、『平家物語』、鴨長明の『方丈記』、明恵《みょうえ》上人の『夢記《ゆめのき》』などが綴られ、定家によって『新古今和歌集』が編纂された退廃の時代であり、無常観に包まれていた。戦乱、自然災厄、疫病、飢餓、貧困、腐敗……虚無が現成していたのである。

しかし道元の思想は、最澄や空海を加えたこれらの仏教思想家のなかでも、書かれた当のものとしでは、難解をもって鳴るとはいえ断然飛び抜けたところがある。後の世阿弥のあの素晴らしい『花伝書』や『九位』に強い影響を与えたのではないかと思われるほど道元の筆致はとにかく美しく澄み渡っているのだが、日本の思想家としては珍しく、仏教禅思想を体系化しようとしていたのではないかと思われる。道元の主著、日本思想に冠たる『正法眼蔵』はそのような書物なのである。

同じ頃、十三世紀の世界を見渡せばどうなのか。キリスト教神学の体系化を成し遂げたスコラ学完成の時代である。この比較があながち的外れでないと考えられるのは、道元自身、中国に渡って禅を学んでいたとき、キリスト教徒と実際に論争をやったりしていたと伝えられているからである。すでに世界の思想はインターナショナルな坩堝のなかにあった。人間の思考という点では、我々の想像以上にこの汎神論的世界は狭いらしい。

山川草木、すべてのものに仏性が宿る。すべては成仏する。曹洞の禅にとって、坐禅は本質であるだろうが、俗世にまみれた私などからすれば、道元の思想の射程はもっと広く感ぜられる。庶民のお盆にまつわる死もまた死を透脱し目覚めるのである。覚醒のためであれ、実相、私の実相、私たちの生の実相からどうやって離れていることができようか。

それにしても、とりわけ「都機《つき》」の巻は美しい。「心月は孤円にして、光は万象を呑む、光は境《きょう》を照らすに非ず、境また存するに非ず、光と境とともに亡《もう》ず、また是れ何物ぞ」。月の光が射している。すべて目に見えるものは月の光に没し、万象は姿を消す。水に映る水月のように、昨日の月のように、われわれの心もまた月を宿しているのである……

81　妖しい短篇

短篇小説は長篇小説とはまったく別個の芸術である。稀ではあるが、尋常でない作用を及ぼす強力な短篇がある。人はその短篇小説を単に面白いと思っているが、知らぬ間に人の心に取り憑いてしまうことがあるのだ。長篇小説ではなかなかそうはいかないが、心のなかに勝手に棲みつく「黒い下宿人」のようにそれは息をひそめてつきまとう。この下宿人は概念的人物である。人物と言っても、必ずしも登場人物ばかりが取り憑くのではない。小説の筋そのものに魅せられるのかといえばそうでもない。小説なんてものは読み返すたびに印象を異《こと》にするのだから、作者の思惑とはすでにかけ離れたものになっていて、それ自体が別の時間、別の生を営々と営んでいることは短篇も同様である。

もちろんプロットは無関係ではないだろうが、作者によって考え抜かれた文章の妙技、その文章が醸し出す漠然としたイメージも、何の変哲もない街角のようなちょっとしたそれぞれの情景も、絵の細部のように読者の心の隙間に入り込むことがあるのだし、我々の心を簡単に支配してしまう。それは現実の些事のなかに紛れ込み、我々の日常の仕草にまで黒い影を落とす。しかも我々の人格の分裂にまで手を貸して、もしかしたらこの分裂こそが我々の人格をつくり上げているのかもしれないと思えることもある。そのような危険な短篇があるのである。

メキシコの作家カルロス・フェンテスの不気味な短篇「アウラ」は私にとってそのような危ない小

説であった。中南米の作家はヨーロッパの作家とはどこか違う。小説の筋をばらしてしまうことは禁じ手であるが、まあ、それでは不気味さが伝わらないし、簡単に紹介しておこう。

主人公は求人広告で仕事を見つける。広告はフランス語のできる若い歴史家を求めていた。人が住んでいるとは思えない旧市街にあるメキシコ・バロック様式の古い館。そこに出向いてみると、ひとりの老婦人が住んでいる。住み込みの仕事は、亡くなった主人の手記を元にして回想録にまとめるというものであった。その夫はフランスにも在留したことがある元軍人である。願ってもなく報酬は私立学校の助手である彼の給料の四倍以上である。

館はとても暗くじめじめしていて、中庭には不思議な植物が植えられている。兎もいる。アウラという老婦人の姪が同居していることが次第にわかる。食事は三人の時も、ひとり寂しくとる時もある。主人公は手記を読み始めるが、最初は退屈な経歴が続いていて、こんなものを本にする意味があるのだろうかと訝《いぶか》る。

彼は澄んだ緑色の目をした若いアウラに惹かれるだろう。だがどこかがおかしい。老婦人とアウラは同じような動作を繰り返すことがある。主人公はアウラに欲情を感じるだろう。彼は軍人の手記を読み続けるだろう。最後に鼠のいる暗い部屋で彼はアウラを抱くが、寝台にいるのは老婦人だろう。手記の最後を読んで彼は知るだろう、死んだ夫とは自分であり、若くて美しいアウラと、皺だらけで歯の抜けた老婦人は同一人物であることを。過ぎ去った時間は致命的であり、ふたりは闇に包まれるだろう……

82 悪人正機

私の従兄は浄土真宗の僧侶だった。澄んだ目をした普段はとても心根の優しい人だったが、大酒をあおり、自らそう望んだわけではないだろうに、破戒僧に近かった。私とはずいぶん年の離れた従兄は、あげくの果てに若くもないのに自死してしまった。予想できたことだったとはいえ、年下の私は衝撃を受けた。だがとても印象に残っていることがひとつある。何もない彼の和室の片隅に、いつ行っても『歎異抄《たんにしょう》』と『教行信証』の古ぼけた本が投げ捨てるように畳の上に転がっていたのである。彼は親鸞の教えに、浄土真宗の職業僧としてではなく、人として救いを求めていたのだろうか。

他力本願とは何なのか。苦行の対極にある易行《いぎょう》である念仏をただ唱え続けることでわれわれは地獄を免れ、浄土に行けるのだろうか。『歎異抄』に伝えられる親鸞はそんなことは言っていない。念仏を唱えても地獄に堕ちるかもしれない。法然上人の言うことを信じて地獄に堕ちたとしても、自分たちはどうせ地獄に行くのだから、それでいいではないか。もし自力の難行苦行を行なった上で地獄に堕ちるのならば、これは話は別ではないか。

「善人なをもて往生をとぐ、いはんや悪人をや。しかるを、世の人つねに曰く、悪人なを往生す、いかにいはんや善人をや」。結局のところ、凡夫（煩悩をもった普通の人）であるわれわれはみな悪人なのである。親鸞によれば、すべての人は悪人なのだから、善人もまた悪人である。えっ、善人だって？　善人が悪人である例は枚挙にいとまがないことは、現代に生きるわれわれもよく知るところである。少し考えて見ればわかることだが、親鸞が思想家として偉大であるのは、このように親鸞自身が引き裂かれていたからである。

貴族出身で比叡山大学のエリートだった親鸞は、当時の僧侶たちの情けない振る舞いを見て絶望し、自分の修行にも絶望し、山を降りる。世は末世である。仏法が廃れたのだろうか。そんな風に後世の仏教者が言うのははなはだしい思い上がりである。飢餓、疫病、戦乱によって、庶民はそれこそ地獄の日々を送っていた。やがて武士が台頭し、やりたい放題の権力の世となる。六角堂で修行中に観音菩薩が顕れ、当時としてはすでにそれほど珍しいことではなかったであろうが、親鸞は妻帯する。「承元の法難」事件が起こる。専修念仏を禁ずる後鳥羽上皇によって法然らとともに流罪に処せられ、僧籍を剝奪される。

悪人ですら救われ浄土に行けるのだから、何をやっても良いだろう。そんな風に考え乱暴狼藉を働く坂東の不良念仏者たちが現れる。親鸞の息子自身がそうだった。八十四歳の親鸞は苦しんだ末にこの息子を絶縁しなければならなかった。非僧非俗の親鸞は弟子を取らなかった。実際、その後親鸞の思想は忘れられた。唯円の『歎異抄』が蓮如によって筆写され、親鸞の教えが宗門のなかに知られるのは、親鸞没後二百年が経っていた。それにつけても思うことがある。この蓮如、あるいは一休宗純の後、五百年以上にわたって、日本に名だたる仏教思想家が顕れていないのはいったいどうしたことだろう。

83　絵画と言葉

絵画は言葉では説明や表現はできないと簡単に言ってのける現代絵画の先生たちがいらっしゃるが、そうだろうか。このような放言は言葉に対する不遜な態度であり、言葉について考えたことのない人たちの実に情けない言い草である。絵と文章は表現の素材がまったく違うのだから、出来上がったものが違ったものになるのは当然である。しかし様々な思考があり、様々な感覚があっても、我々の思考なるもの、感覚なるものはそれぞれひとつの世界であって、絵画と言葉は、同じ思考の質、同じ感覚の次元を目指すことができるはずである。言葉の大家でもあった我らが道元和尚は「まして語句に現われない山河大地・高峰大海があろうか、またどのように平凡なものであっても語句に現われないものはない」（『正法眼蔵』）とまで言い切っている。そのような確信や希望がなければ「作家」であることは虚しい。

画家ミケランジェロやサルヴァトール・ローザは詩人であったし、デューラーやアルベルティやピエロ・デッラ・フランチェスカは絵画の理論と方法について数学さながらの精緻な本を書いた。ヴァザーリがルネサンス芸術家列伝を書かなかったならば、我々はルネサンスの芸術家がどういう人たちであったのかを知ることはなかっただろう。チェッリーニという超絶技巧の彫刻家はあげくの果てに殺人まで犯してしまったが、堂々たる自伝を書いた。以上の書き手は皆、ルネサンス期あるいはその

後の大美術家であった

中国では長い間「書画一致」が言われてきたのだから、言わずもがなであるし、その伝統は日本の江戸時代にも受け継がれた。狩野派のなかには画史を執筆した人もいた。ウィリアム・ブレイクのように、画家であったのか詩人であったのかよくわからないような人もいるし、近代の作家の側から言えば、例えばボードレールの詩・評論、シャトーブリアンやプルーストの小説その他のなかには絵画についての最良のページがある。

二十世紀の美術家が、自分の美術作品とは別に、書いたり喋ったりしたものはどうだったのだろう。ピカソの箴言風の哲学的文章には鋭いものもあるが、私を啞然とさせたのはアルベルト・ジャコメッティとフランシス・ベーコンという二人の巨匠である。彼らはどんな美術評論家よりもうまく自作の解説を行い、あたかも自作の秘密をばらすように色々と書いたり喋ったりしているが、それでいて彼らの作品が色褪せてしまうことはまったくない。詩的意味においても、それほど彼らが書いたり喋ったりしたことは高い次元にある。彼らが言ったことはあまりにも彼らの作品と釣り合っていて、我々をすっかり納得させてしまうし、それ自体言葉の技芸の域に達しているのである。

生前には絵が一枚しか売れなかったヴァン・ゴッホの『手紙』はどうだろう。そこに書かれていたのは生活の困窮や呪詛だけではなかった。彼が自作を解説するくだりはどんな作家の描写も及ばないほど的確で美しい。ゴッホという人物や彼の狂気がどのようなものであったにしろ、絵についてこんな風に描写できる画家の筆力には脱帽するしかない。

84　近松門左衛門

近松門左衛門は凄腕の作家である。文章がとびきりの名文であるだけではない。国文学者や浄瑠璃の専門家がどう言っているのか不勉強のために知らないが、私の印象を言えば、近松は日本の作家のなかに類例を見ないほど冷淡な書き手である。上田秋成の『胆大小心録《たんだいしょうしんろく》』のように露骨な悲憤慷慨は表さないし、どの作品においても、特に「世話物」はそうであるが、冷酷なまでに徹底的なリアリストであると言っていい。名文であるから一見そうは思えないのだけれど、ロマンティシズムに傾くところがまったくない。普通の作家ならすぐにやってしまいそうな作者による感情移入がないのだ。

これはどういうことなのか。彼の「時代物」を見れば、史実に重ねて近松流の神話観などが加味されているのだから、近松が相当なインテリであったことは容易に察しがつく。しかし「世話物」、つまり同時代の庶民の生活や事件を題材に扱ったものに関しては、そうではない。大げさな言い方かもしれないが、キリストの事件を記した福音記者たちが「超越論的ジャーナリスト」であったとすれば、例えば『冥途の飛脚』のように、当時起きた心中事件をあくまでも「救いがない」形で書きしるす近松は、「形而下」的なジャーナリストであったと言いたくなるほどである。

心中事件については、事件背景の説明も、心理的なカタルシスも、何もなし。入口もなければ出口もない。事実だけ。「悪」そのものを描いたサド侯爵の登場人物は「倒錯者」だらけだが、近松にはそのようなところもない。それでいてとても才気走った描写のなかに近松の「怒り」のようなものが感じられるのは私だけであろうか。何に対する怒りなのだろう。彼の「辞世」を読んでみれば、近松という人物の一端が窺えるかもしれない。

書き出しを現代文に直してみる。「先祖代々の武家に生まれながら武士の世界を捨て、身分ある公卿たちに身近に仕えても何の身分もなく、庶民のあいだで呑気に暮らしても商売も知らず、隠者のようで隠者でなく、賢者のようで賢者でなく、物知りのようで物知りでなく、世の中によくいるできそこないである、唐や大和の教えであるさまざまな学問、芸能、いろんな芸、お笑いの類いにいたるまで、知らないことはないとでもいうように、口からでまかせ、筆の走るままに書き散らし、一生、喋り散らしてきたが、今際《いまわ》の際《きわ》に言わねばならぬ、考えねばならぬほんとうに大事なことは、ほんの少しの言葉もなく当惑するばかり、心中ひそかに恥じ入っている」。どんでん返しが待っている。「それぞ辞世　去ほどに扨《さて》もそののちに　残る桜が花しにほはば」。すべてが終わっても、桜の板木に彫った自分の浄瑠璃が残れば、それこそが辞世である。だがこれで終わりではない。舌の根も乾かぬうちに近松は言う。「のこれとはおもふもおろか　うづみ火の　けぬまあだなる　くち木がきして」。しかし埋もれ火の消えない間に、朽ちてしまう木に彫った浄瑠璃が残ってほしいなどと心に思うのは愚かなことである、と。……唖然とするような辞世である。

85　出版人

文化、文化、といろんな意味でみんなが勝手にそう呼んでいるが、私には文化というものが何なのかいまひとつよくわからない。本も文化であることは間違いないが、作家は掃いて捨てるほどいるし、真の縁の下の力持ちは編集者であり、出版人である。今でもあたかも文化の下部構造（？）を支えている感のする立派な小出版社はいくつもあるが、私にとって忘れることができない出版人がいる。現代思潮社と美學校（澁澤龍彥、種村季弘、土方巽、赤瀬川原平など、名だたる講師陣を擁していた）の創始者であった故石井恭二である。

十代の私にとって現代思潮社は大いなる秘密の大学だった。一九五七年創業、サド『悲惨物語』とルフェーブル『マルクス主義の現実的諸問題』によって出版活動を開始したこの版元の出す本は、著者について多くを知らなくても、わからないままかたっぱしから読んだ。今はわかっているという意味ではないが、たぶん当時私は何もわかっていなかったかもしれない。それでも本がそこにあった。少年少女にとってそれ以上のことがあるだろうか。

サド、ロートレアモン、アナーキストたち、ブルトン、バタイユ、アルトーその他のシュルレアリスム作家たち、埴谷雄高、トロツキー、稲垣足穂、ブランキ、ブランショ、バルト、デリダ、ローザ・ルクセンブルク……。吉本隆明や谷川雁や平岡正明や唐十郎、細江英公による土方巽の写真集もあった（ジョルダーノ・ブルーノほか）。当時は知られていなかった西洋の古典文庫（いまでは岩波文庫やその他の文庫にそのまま再録されているものもある）、まったく太刀打ちできなかった日本の古典も出版していた。忘れ難いオウエルの『カタロニア讃歌』もここから出た。現代思潮社の社訓は「悪い本を出せ」であった。

石井さんはサド著『悪徳の栄え』の出版によって訳者の澁澤龍彦とともに告発された。有名なサド裁判である。猥褻文書を出版した廉で石井と澁澤は有罪になった。同じ頃フランスでもサド裁判があったが、裁判記録を読むと、フランスはずいぶん生真面目な論争に終始していて、日本のサド裁判のほうが被告側としてはずっと楽しげで先鋭的だった。

晩年の石井さんは日本の仏教の研究をされていて、道元の『正法眼蔵』や一休の『狂雲集』の現代語訳『一休和尚大全』を出されたり、道元や親鸞についての本を書かれた。私はしばらく現代思潮社の編集に関わっていたことがあり、石井さんは酔っ払うとよく電話をされてきた。日本の古典文学について呂律《ろれつ》も怪しく突っ込んだ話をされるのだが、それが我々の宝になるのはわかっていても、こちらはちんぷんかんぷんで返答にいつも窮していた。よくあんな怖い人と付き合えますね、とある編集者に言われたことがあったが、書斎に遊びに行くと、これを最近彫ったんだと言って、石井さんは素敵な木彫の観音像を見せてくれた。知り合いの女性が観音様のモデルだったらしい。

つい先日、京都で映画監督の足立正生さんに会ったら、石井さんの話になった。昔、六〇年代のことであるが、現代思潮社に遊びに行くと、いつも最後はみんなで花札をやっていたそうである。

86　神の学

政党を問わず、国会などで込み入った問題に直面すると、「まあ、それは神学論争みたいなものですから……」などと人を小馬鹿にしたように平然とうそぶく政治家がいるが、そういう光景を見ると虫酸が走る。このような政治家たちが日本語を堕落させている。

神学とは神の学である。神学者たちの眼前には聖書があり、キリストの事件があった。この点で神学は哲学とは区別される。勿論、ユダヤにもイスラムにも神学はあるが、ここで私が言及したいのは、「哲学は神学の婢女《はしため》である」と言い放ったキリスト教神学である。

まずはギリシアの哲学があった。プラトンやアリストテレスである。この哲学はアヴィケンナやアヴェロエスなどのイスラムの哲学思想を経由して、中世ヨーロッパのキリスト教神学、スコラ学へと合流する。すでにキリスト教会は東西に分裂していた。日本では、親鸞や道元や日蓮の時代であり、『平家物語』、『方丈記』、『小倉百人一首』が書かれ編纂され、中楽《さるがく》や連歌が流行していた。

中世スコラ神学を大成させたのは十三世紀シチリア出身のトマス・アクィナスである。教会内の身分はドミニコ会修道士であり、フランスのパリ大学で教鞭をとった。「天使博士」と呼ばれ、後にカトリック教会によって聖人に列せられる。聖トマスの偉業は、何といっても、その論理において精緻を極める『神学大全』を書いたことである。誰にも為し得なかった、まるでゴシック建築の大伽藍の

ように美しい仕事である

激しい神学論争があった（どちらかといえば、私はトマスに逆らった神学者たちの方に関心があったのだが……）。死闘だった。ヨーロッパの政情はずっと不安定で、政治がらみの追放もあった。神学者といえども漂白の旅人のようである。しかしずいぶん生々しかったとも言える中世の人々の論争から後の近代科学も誕生することとなる。その礎を築いたのはトマス・アクィナスである。もしトマスがいなかったなら、後のニュートンの数学的思考も（実はニュートンの仕事もほとんどが神学や宗教にまつわるものだった）、精神において神を人間化したヘーゲルも、ハイデガーの存在の思考も別のものになっていたかもしれない。その出発点に神の存在論的証明への血の滲むような努力があったのである。

一二七三年十二月六日、その日は聖ニコラウスの祝日であった。いつものようにトマスはナポリの聖ニコラウス礼拝堂で祈りを捧げていた。そのとき何かが起きた。「私は大変なものを見てしまった」。その日以来トマスはただ祈りに沈潜するばかりで、執筆もやめてしまった。友人が問いただすと、自分のやった仕事は「藁屑《わらくず》のようなものだ」と呟いたきり口を閉ざした。トマスは何を見たのだろう。後の学者たちのなかには、トマスは脳腫瘍による幻覚を見たのだと病気のせいにする人もいるが、何の証拠もないし、たとえそうだとしても何の解答にもなっていない。三カ月後、教皇の要請で第二リヨン公会議出席のため旅の途上にあったトマス・アクィナスは、病に斃れシトー派修道院で不帰の人となる。『神学大全』は第三部で中断され、未完のままとなった。

87　芸術と悪

コカイン吸引で捕まった俳優の出演した映画の上映を自主規制したり、彼の楽曲を配信停止にしたり、何ともかまびすしい昨今だが、じゃあ、同じような過去をもつあの俳優、あの音楽家、あの芸人、あの作家はどうなのかなどという下品な言動は厳に慎みたい。しかしこんな話題をしたり顔で延々とやっている万人による偽善的な聖人君子的風潮に、強い違和感を覚えているのは私だけだろうか。密告や村八分は昔の話ではないのである。

誰も取り上げないもっと別の事柄がある。阿片吸飲者として有名な十九世紀イギリスの作家トマス・ド・クインシーは『芸術の一分野として見た殺人』や、キリストを裏切ったユダをまったく異なる歴史的眺望のうちに位置づける『イスカリオテのユダ』という本を書いたし、今年、大阪でも展覧会が開催されるバロックの大芸術家カラヴァッジョは、実際に殺人を犯し、逃亡生活を送った。すでに何度かここで取り上げたが、私が二十世紀の文章家として最も敬愛し、翻訳までやったフランスの作家ジャン・ジュネは徹底的に反社会的である泥棒出身だったが、かつて彼は有名知識人や文化人の嘆願によって終身刑寸前で恩赦され、自由の身となって本を書いたのである。はたして「犯罪とはひとつの下手くそな詩である」のだろうか。

こんなリスト、はまだまだ売することができるが、この逆説、この葛藤の坩堝のなかにいた最たる人物は、何といっても十八世紀フランスの作家サド侯爵だろう。サディズムの語源であるドナチアン・アルフォンス・フランソワ・ド・サドは、小説のなかで、悪虐の限りを尽くす人間の行状、人類の負の本質、欲望の肯定、神への冒瀆、法の優位の否定……などなどを雄弁に描いたが、彼が現実世界で犯した罪は軽犯罪にもならないような軽微で滑稽なものであったにもかかわらず、生涯のほとんどを牢獄で暮らすことになった。人を殺したこともない作家サドはフランスのすべての政体によって否定されたのである。

まずはアンシャン・レジーム（絶対王政の旧体制）によって投獄された聖侯爵は、フランス革命勃発の際に、牢獄「自由の塔」から民衆を扇動した。解放されたサドは、貴族出身であったにもかかわらず革命派となるが、今度は非人道的な動議の採決を拒否したために革命政権によって反革命の廉で死刑判決を下される。革命の混乱のなかでギロチンを何とか免れたものの、革命後は、好色小説『美徳の不幸』と『悪徳の栄え』を書いたためにナポレオン執政政府によって逮捕監禁され、最後はシャラントンの精神病院に収容された。

二十世紀にフランス国立図書館で原稿が発見され、サドは復活を果たすのだが、フランスでも日本でも発禁処分の憂き目にあい、悪徳の作家となった。いまではフランスで最も権威ある文学全集『プレイヤード叢書』にも入っているし（つまり国家の財産となったのだ）、日本でも文庫本で読むことができる。実際の人間サドはどちらかといえば穏健派であり、自分を投獄した憎き敵を許し、おまけに生涯、死刑に反対だったという感動的事実まである。彼の生涯を思ってみると、サド侯爵はマゾヒストではなかったのかと思えてしまうほどである。

88　北の俳人

アンドレ・ブルトンという詩人は、自分のなかには北がありすぎると言ったが、西に生まれた私には北への憧れがある。独立独歩の北方の詩人たち。北海道上磯郡に生まれた吉田《よしだ》一穂《いっすい》は最後は東京で没しているが、それでも彼の詩には北斗七星や、北の海や、凍った白鳥や、静寂につつまれた岬のトラピスト修道院がある。修道院の庭には日時計があって、その陽だまりには動かない蜥蜴がいる。

私にとってのもうひとりの北の詩人である俳人西川徹郎は、蘆別の新城峠の麓の寺に生まれた。いま俳人はこの浄土真宗法性山正信寺の住持である。「西の彼方にはイレムケップ山のなだらかな麓が扇状に展らけ、東にはバンケホロナイ山がせり出すように迫るその山間に百五十戸余りの農家が集合し……」(『無灯艦隊ノート』)、そして孤高の俳人はこの険しい雪の峠や、寺の境内や、庫裏《くり》の屋根裏や、寒月の沼や、裏山の神社で少年時代を過ごした。

黒穂ふえ喪がふえ母が倒れている
首のない暮景を咀嚼している少年
月夜轢死者ひたひた蝶が降っている
晩鐘はわが慟哭に消されけり

たまさかのように拾ってみたこれらの俳句は十代の少年によって書かれた。天才少年の詩はすでに底を破っているはずであるし、遺書のようなところが表れてこないはずがない。俳人自身は後にそれを「実存俳句」と呼んだが、その奥には親鸞の絶対他力の教えが控えている。勿論僧侶としてだけではない。この実存とは、彼の苦悩、孤絶、反抗、錯乱、慈愛、あるいは蟻、蜻蛉、古木、蛇、団栗、狐であり、村の屍人、祖父、病気の父……衆生の一切であって、死んだものもまだ生きているし、そこには修羅と銀河がある。

破格たることは、このような場合、誰にも真似のできない必然的帰結であり、矜持であり、この「反定形の定型詩」はあくまで俳句でなければならなかった。その点でいわゆる前衛俳句とは趣を異にする。すでに俳聖芭蕉にあってさえ、辞世の句「旅に病んで夢は枯野をかけ巡る」に季語はなく、口語体で書かれていることに留意すべきである。だが何をどう詠むのかなどと言っても、俳句について何も知らない私でも、俳句にしかるべき背景やモチーフがあるとは思えない。我々は皆クラシックであるが（!）、伝統は益体もない制度によって我々をコケにしている。俳句の凄みと面白みは他処からの消息なのである。

天才少年から半世紀以上が経ったが、最新の西川俳句も凶星か無限の弾丸のままだ。

死へ急ぐ雁捕らえてみれば父である　　　　（『無灯艦隊』）

湖底に映る銀河ひとすじ裾乱れ
永訣や湖底の星を数え切れない

なんと老年にさしかかった容貌魁偉な俳人の横顔は今も恐るべき少年なのである。

（「永遠の旅人」）

89　言葉の亡命

英語で書く作家なのだからイギリスの作家だと思われている有名人のなかには、かなりの数のアイルランド出身の作家たちがいる。『ガリヴァー旅行記』のスウィフトをはじめとして、『ドラキュラ』のブラム・ストーカー、オスカー・ワイルド、ダンセイニ卿、ウィリアム・イェイツ、バーナード・ショー、ジェイムズ・ジョイス、サミュエル・ベケットである。「グレート・ブリテン及び北アイルランド連合王国」、つまり英国と彼ら生粋のアイルランド人たちとの関係は、歴史的にも政治的にも心理的にも複雑なものを孕んでいたが、最近でもEU脱退で英国がまたぞろこの問題の再燃に頭を抱えているのは周知のとおりである。

母国アイルランドに対しても愛憎半ばするこれらの作家たちとアイルランドとの関係も複雑だった。あからさまな政治亡命ではなかったにしろ、作家たちも亡命した。ワイルドは放浪の果てに最後はパリで没しているし、ベケットもヨーロッパを転々とした後パリに居住し、墓もパリのモンパルナスにある。ジョイスはトリエステとチューリッヒとパリを渡り歩くのだが、彼の作品を貫く思想だけでなく、そこに書かれた言語もまた亡命の様相を呈するのである。これはベケットの文学についても言えることだが、ジョイスの場合はさらに徹底していた。

彼の主著『若き芸術家の肖像』、『ダブリン市民』、『ユリシーズ』、『フィネガンズ・ウェイク』などれもアイルランドを舞台としている。『ユリシーズ』は主人公らしき二人の青年がダブリンを歩き回るたった一日だけを六百ページに及ぶ大著のなかに描いているし、最初の一行から最後の一行まで難解な『フィネガンズ・ウェイク』はダブリンの居酒屋が舞台である。しかし『ユリシーズ』から『フィネガンズ・ウェイク』へと至るジョイスの壮大な言語実験は、しだいに彼らの日常語だった英語に対してある種の拷問を加えていくことになる。それは英語に対する復讐とさえ思える凄まじさがあったが、ジョイスは最後には失明寸前になったというのに、それをさも楽しげにやってのけたのだった。

章ごとにホメロスの『オデュッセイア』に対応している『ユリシーズ』には、すでにギリシア語やラテン語が登場するのみならず、イギリス文学を洒落のめすパロディーのような章があったりするが、この本はイギリスとアメリカで風俗紊乱の廉で発禁処分になった。最後まで読み通すのは至難の技であるとしか言いようのない『フィネガンズ・ウェイク』(世界中で何人の読者がこれを最後まで読み通せたのだろう)には、私自身が判別できたわけではないが、知られているだけで十七か十九の言語が登場するらしい。チベット語や日本語もある。おまけに言葉はいじられ、ルイス・キャロルの「鞄語」のように収縮させられる。つまり二つの言葉が圧縮されてひとつの単語になったり、逆に何十もの文字からなる長い単語になったりする。しかもこれはほんの一例にすぎないし、古語、方言、言い間違い、破格のオノマトペまである。

『フィネガンズ・ウェイク』は一応英語で書かれているが、一番似ていないのは英語なのだ。なぜならこの作品の英語を英語にだけは翻訳できないからである。かくして言葉もまた亡命を果たしたのであった。

90　黄昏不良少年

稲垣足穂ではないけれど、少年の頃、トワイライトの神戸の坂道をよくぶらついた。日が暮れるまでは、学校をサボってお気に入りの建物だったカトリック教会の人気のない礼拝堂で昼寝をしたり、壁のマリアの絵を眺めたり、勝手にオルガンを弾いたりして過ごした。神が見ていたのかどうかわからないが、人のいい外国人司祭は見て見ぬ振りをしてくれた。ずいぶん罰当たりなことをしたものだ。ステンドグラスから斜めに淡い最後の光が差し込み始めるとそっと退散した。それはほんとうに最後の光だった。

　黄昏の坂道を歩いていると周囲の世界が少しずつ不分明になり、自分自身もぼやけていった。もう光らしい光はない。暗闇まであと少し。私は何に苛立っていたのだろう。足穂のようにお月様は要らなかった。大きく明るい満月が坂を登りつめたあたりに出ていたりすると、むしろ暑苦しい感じがした。黄昏時を指すフランス語に「犬と狼の間」という言葉があるが、「誰《た》そ彼」のようなものである。誰なのだ彼は。彼は君であり、私かもしれず、彼女や彼らであるかもしれない。『旧約聖書』にも古代インドの本『リグ・ヴェーダ』にも似たような言い回しがあるが、彼は必ずしも人間であるとは限らないし、すでに顔の半分がぼやけてしまった私だって怪しい。

　最近は坂道を歩くことがないというより歩けなくなったので、薄暮の坂道を散歩しなくなったが、私の郷愁は郷愁でしかない。こんな戯れを書こうと思いついたのは、野村喜和夫の最新詩集『薄明のサウダージ』を読んだからである。なるほどこの読書の親密な感触によって自分がまだ薄明のなかにいることを思い出したからである。この詩集は少し変則的な造りになっていて、最初に「薄明のサウダージ」という詩があって、その詩ひとつひとつに対応した「薄明のサウダージ異文状片」という散文が最後に置かれている。

「いつからであらうか、発端はもう知られてゐないのである。それでも、くすんだ空の青に血の色の混じるゼリイ寄せのやうな薄明の町を、私はさまよひ歩いてゐた。友人が出る芝居に招待されたのだが、劇場の場所がわからない。するとふたりの役者のやうな通行人がやつて来て、ほらこゝが劇場です、と言つて青い小さな扉を指し示すのであるから、中を覗き込む。間違いであつた。私は言ふ、同じ血の色をしたゼリイ寄せのやうな町がひろがつてゐるだけ、劇場なんかないではないか」(「第二番(ほらこゝが劇場です)」)。

町も坂道も横に縦に茫洋と広がっていく。それにつれて時間が薄くなる。惑星を菫色の時が覆っているのだろうか。劇場の扉のなかに無理やり入り込んでみても、扉の中というものはない。劇場?たしかに古い劇場である。あれらの役者たちはみんな亡霊だった。そんな風にシェイクスピアの台詞が喋っても、もう手遅れなのだ。すぐに薄明は消えてしまう。お手上げのまま、青い扉だけが見える。麻痺状態の少年はしかめ面をして口は半開きのままだ。口のまわりはゼリーだらけで、彼はほんの少しだけ地面から浮いている。「さうさう、光もまた老いるし」……。光は老いて、劇場の底に溜まっている。ぼんやりと足元が見える。

91　西東三鬼、再び

以前に西東三鬼をとりあげたが、ちょうど『神戸・続神戸』が文庫化されたことでもあるし、三鬼を知らない人にも手軽に読めるようになったので、三鬼再説ということにする。

最近の神戸のどこかきな臭い再開発計画には残念ながら何の未来も感じられないが、かつての港町神戸の盛況振りを考えるなら、神戸の都市計画者たちにとってこそ、このような本は必読書だったのではあるまいか。郷愁は郷愁のそのまた郷愁にすぎないし、ここで無用なノスタルジーについて云々するつもりはないが、三鬼が生きて描いたかつての神戸が誰にとっても蠱惑的な街だったこともまた確かである。現代都市であっても、無数の妖しいかつての謎のなかから幾度となく再生する兆しはあるはずだ。

京大俳句事件があった。神戸詩人事件があった。反戦的なモダニストであった俳人や詩人たちが弾圧された。俳人西東三鬼も特高警察に検挙される。三鬼が神戸にやって来たのはこの事件から二年ほど経ってからである。三鬼はシンガポールや東京で歯医者をやっていたが（本当は何者だったのだろう）、執筆活動を禁じられ、仕事も変え妻子を置いて東京を逃げ出したのである。その顚末はこの本を読んでもらうしかないが、東京からというより自分の「阿呆」から逃げ出したのだと本人は言っている。神戸でも阿呆な行状は続くのだから、三鬼は自分から逃れられなかったことになる。

神戸は元々流れ者の街であったが、まず舞台となるのはトアロード近くにあった怪しげなホテルである。時代は戦時中、結局ホテルは二度目の空襲で焼失する。止宿人はいろんな国籍の人びと、素性のわからぬ輩、バーのマダムたち、そこで雇われた女の子たち……。春をひさぐことを生業にすることもある。肺病病みもいれば、胡散臭くて愛すべきエジプト人や台湾人もいる。戦後すぐの頃、彼らは焼けビルを占拠したり、トラックから機関銃を乱射したりもした。彼らにはそれなりの「歴史」がある。何しろ戦中戦後の混乱期である。国際情勢が透けて見える。

これらの「非国民」たちに注がれる三鬼の愛情は色々あって複雑ではあるけれど、惚れ惚れするようなところがある。阿呆なんかではけっしてない。三鬼はインテリであるし、天使的ですらある。ここにはわれわれが知らない当時の国際情勢の「矛盾」が掃き溜のように集まっているが、掃き溜の鶴には事欠かない。神戸にはスパイたちが暗躍していたであろうし、流言も飛び交い、怪しげな商売があった。ぎりぎり私の知る限りでも、これこそが港町神戸であると言いたくなる。そして彼らや彼女らがただのならず者や売春婦でなかったのは、「戦時色という得体の知れない暴力」にとことん抵抗したからである。三鬼がこの本を書いたのはひとつにはそのためであると思う。ここには自由があったのだ。

ホテルを引き払った後、三鬼は山本通の傷んだ洋館に住むことになった。ここにも様々なかつての非国民が訪れ、居候となった。戦争は終わった。今でも私は北野のあたりに来ると、三鬼館と呼ばれたこの洋館がまだどこかにあるような気がして落ち着かなくなるのである。

92　映画と文学

映画と文学といっても、ドストエフスキーの『カラマーゾフの兄弟』やエミリー・ブロンテの『嵐が丘』を映画化しようというのではない。名作の映画化はたいてい失敗しているし、ヴィスコンティ監督による『山猫』はまだ良いほうだろうが、それでもシチリアの貴族ランペドゥーサによる原作、歴史小説『山猫』を読むほうが断然いいに決まっている。文学の映画化ではなく、私がここで言いたいのは、そういうものがあるとして、映画的な文学のことである。

すぐに思い浮かぶのは、ジャズの騒音が聞こえてきそうなブレーズ・サンドラールの『世界の果てに連れてって』や、アメリカのビート文学、ジャック・ケルアックの『路上』であるが、このリストは延々と続けることはできそうにない。

絵画のような文章というのは誰にでも想像できそうであるが、映画のような文章というのはそうざらにはないように思われる。映画には映画の表現手段があって、それはともあれ「光」に関わることである。それはまさに光学的なものであり、そこには一種の屈折光学があると思うのだが、プロットや物語のイメージとはまったく無関係に、映画のなかには「光の粉塵」のようなものが発光しているのがわかるときがある。これは絵画的な光とはまた性質が異なる。ショットのなかに、ショットの切り返し、目には見えないショットとショットの間、クローズアップのなかに、あるいは俳優の仕草や表情、黙りこくった俳優の放つ無言状態、人気《ひとけ》のない風景、誰も見ていない風景、エトセトラのなかにそれが現れることがあるのだ。

「光の粉塵」を文章で表すのは至難の業であるが、映画のように、時間の流れ、その破綻、あるいはその断面、ショットの唐突さ、無意味さ……などであれば、文章に滑り込ませることができるかもしれない。それができれば、文章のもつ絵画的効果とはまた別の効果、文章がもつ独特の余韻、ある種の速度をつくりだせるかもしれない。

せっかく翻訳されたのに日本ではあまり読まれていないかもしれない、ジャン＝ジャック・シュールの『イングリット・カーフェン』（邦題はジャン＝ジャック・シュル『黄金の声の少女』）もまた、かなり映画的といえる小説である。かつて映画監督ファスビンダーの妻であり、いまでも健在な歌手でありドイツ女優であるカーフェンをモデルにした、戦中から七〇年代にかけての光と影のような小説であるが、著者はかつて自殺した監督ジャン・ユスタッシュの仲間であったし、前作『テレックス・ナンバー1』と『薔薇粉塵』という本はコラージュというよりむしろ映画のモンタージュのようだった。

この小説はナチスの将校、ドイツの映画監督ファスビンダーやヴェルナー・シュレーター、サンローラン、ピエール・ベルジュ、あるいはドイツ赤軍といった華麗な登場人物たちに彩られているが、そこが映画的であると言いたいのではない。そうではなくて「光の粉塵」をともなうフラッシュのような人生の発光現象があるのだ。シュールは長い間とても寡作な前衛作家だったが、この三作目で突然、フランスの最高の文学賞であるとされるゴンクール賞を受賞した。

93　詩人は未完である

詩が未完であるばかりではない。詩人は未完である。はじめに、肉となる言葉とともに、不遜さや堪え難さや言外の矜持、形にならない原理があった。これは詩人に属することであって、詩人を忌避し弾圧し圧殺しようとする者たちには永久に理解できないだろう。

一九三〇年代後半、芸術の革命を目指したシュルレアリスム思想に連座して十七名の青年詩人たちが治安維持法容疑で次々と検挙された。恥ずかしいことに私もまた何も知らなかった。「神戸詩人事件」である。それがあったことは知っていたが、歴史に埋もれた一事件くらいにしか考えていなかった。神国日本帝国に逆らう者を誰彼構わずアカだとした特高警察が、シュルレアリスムの何たるかを知っていることなどあるはずもなかったが、ともかく権力によって、日本においてもシュルレアリスム思想のひとつの不当な歴史的帰結が暴力的に強制されたのである。時は戦時下である。詩はひとつの亀裂であり、今そこから光が射すように忘却が頭をもたげる。

『一九三〇年代モダニズム詩集――矢向《やこう》季子《すえこ》・隼橋《はやはし》登美子《とみこ》・冬澤弦《ふゆさわげん》』が、もともと神戸に居を構えていたみずのわ出版（現在は山口県周防大島《すおうおおしま》）から刊行された。これら無名の詩人たちを見出し編纂し解説したのは神戸の詩人季村敏夫さんである。季村さんは『山上の蜘蛛――神戸モダニズムと海港都市ノート』の著者でもある。

驚くべき詩集であった。そもそも詩はその表層において、その底において、まったくの匿名で書かれるのだから、これらの無名詩人の詩はいくつもの未知の名前を私に投げかけ、それを今この時に不定形のまま読むことを強いている。かつて彼らが書き、今私がそれを読んでいるのは確かである。無名はすぐそばにあって、名前は遠い。ある時、ある場所で、この近さと遠さは同時に混じり合う。戦慄が走る。歴史のなかで詩はどのように書かれたのだろう。反戦などというけれど、詩人たちは勇ましいことばかりをやっていたわけではなかった。力を尽くされた編者の季村さんの解説にはそのことまでもがにじみ出ている。

これらの詩人たちは出来事としての「神戸詩人事件」が醸成されつつあった空気のなかに生息し、息をひそめ、息を吐き、息を吸い込み、詩を書いて、それから姿を消した。編者の季村さんは「消えてしまった、たましいをよびよせる」と序文に書いているが、彼らは一冊の詩集も残さなかったのだ。三人の詩人の生涯の詳細は本書にあたっていただくとして、私はここでこれらの詩について賢《さか》しらに書評めいたことを書く気になれなかった。全編を引用できないことがいかにも残念であるが、最後に矢向季子の詩の断片をひとつだけ挙げておく。

私はあたしから離れよう
ピアノをぬけだすミユウズのやうに
時刻といっしょに地球の外へ滑り落ちる
さらに深く青い減速のなかにゐる

あたしの下髪は
蠟のやうに消えるであらうに

94　路地

中上健次の故郷は紀州の「路地」にあったが、彼はそこで先祖と自分が罪を犯し、苦難や、暴力や、欲情や、貧困や、怒り、そして死者たちが蛇の根城のように巣くう路地を、一種の「神話」にまで、あるいはビート風の「サーガ」にまで遠大な悲劇を描くように高めた。中上は彼の好きだったジャズサックス奏者、アルバート・アイラーのサックスの息が途切れるように死んでしまったが、どこを疾走しようと、彼がこの路地から出ることはなかったように思われる。『地の果て至上の時』にあるように、近代都市化によってこの路地は消滅してしまったが、中上の「路地」はあたかもわれわれの宿命のなかにそれがずっとあったかのように幻覚的に作用した。

私にも好きな路地があった。風景を自分のものにすることはできないけれど、それがまたいいのである。散歩のみぎり、鬱蒼としたお屋敷のある小道も悪くはないが、夕餉のお味噌汁や秋刀魚を焼く匂いが鼻をくすぐり、建て込んだ家々、長屋、板塀、暗い電灯、所々ぬかるんだ土が夜の余興のおまけのようにひっそりとそこにはあった。そしてそれは少し離れた所にある、そこからは見えない川の気配にまで続いていたりする。はたして私はそこを本当に通ったのだろうか。

神戸からも路地が消えてしまった。阪神淡路大震災があり、防災のためだろうか、その後の復興の過程で区画が整理され道が拡張された。地図はずいぶんあっさりとしたものになり、衛生的になった。

虫にいなくなった。今をときめく新たな都市再開発計画でも、とどのつまり「表通り」という概念ばかりが大事にされているように思えるのだが、「最先端」の表通りは、たとえ廃墟になろうとも、いつかはかつて最先端であった新建材のただの汚れた廃材にすぎなくなってしまうだろう。これではかつてのような裏通りは生まれない。大震災があって多くの愛すべきものが破壊されたのだし、万物は流転するのだから致し方のないところもあるが、震災直後の多くの都市再開発が無残な結果に終わったことは周知のとおりである。ところが神戸市や建築家は何の教訓もなくまたぞろ同じ失敗を飽きずに繰り返そうとしているようである。

永井荷風もまた路地を愛する人であった。中上の路地と比べれば、荷風の路地は「軽薄」にも思えるし、表層的ではあるが、私はその軽薄さが嫌いなわけではない。散歩記である『日和下駄』はもとより、『すみだ川』のような小説を読んでも、話の筋や物語の真骨頂よりも、路地の描写のうまさに感心してしまうのである。そのような随筆を書くとき、荷風の筆は自在で冴えわたっている。荷風は随筆「路地」のなかで表通りへの不快と嫌悪をあからさまに吐露する。東京の地図にも明らかにされていなかった路地。それに対する感興は西洋絵画に対する江戸の浮世絵に基づいていると荷風は言う。市井の人々。荷風が送ってきた生活とはまた違う生活。自身の隠棲の平安をそこに思い描いたことは確かであるが、驟雨で倒れてしまった庭の鶏頭を見つめるように、孤絶した生活のなかで荷風は路地を愛したことがわかる。文人としてだろうか。そうでもないのではないか。

95　写真と過去

写真を見るとき人は何を見ているのだろう。写真自体には未来もなければ思い出もない。フランスの批評家ロラン・バルトの『明るい部屋』は、私にとって蠱惑的で晦渋な本のままであるが、そのあまりにも存在論的な写真論の冒頭近くで彼はこんなことを言っていた。「何を見させるのであれ、そのやり方が何であれ、写真はつねに目には見えない。人が見ているのは写真ではない」。

では何を見ているのか？　人が見ているのは写真に写った被写体、対象であり、指向対象である。ずいぶん当たり前のことのようだが、写真が「かつてあった」ものであるからなのか、バルトにとって本質的に写真は、今は亡き「愛する母の写真」に帰着するからなのか、それともこの本の刊行と、彼が不慮の事故で急死したのが同じ年だったからなのか、理論的でもあるこの本全体がメランコリックと言ってもいい独特なトーンに貫かれているように感じるのは私だけではないだろう。だから写真自体ではなく、この本のほうがプルースト的であるのは故なしとはしないのである。

バルトの言う「写真の指向対象」は映像《イメージ》や記号でできているが、それは必ず現実のものでなければならない。写真は「それはかつてあった」ということを否定できないし、現実を偽造することはできない。「ほら、これが二十年前の私ですよ」、と言って人は写真を見せる。それでも、と私は思う、写真が「それはかつてそこにあった」こと（それは死ではないのか？）を決して免れないとしても、写真に写っているのは過去ではないのではないか、と。技術的に写真は、目に見える限りでは、「現在」しか写せないのである。

だがさらに言えば、本当に「現在」なのか。それは一般的な意味での現在であって、「現在」の瞬間などというものをそもそも見ることができるのだろうか。厳密に言って、カメラであれ、天体望遠鏡によるのであれ、今この「現在」の瞬間を私は同時に見ることはできない。光は物質であり波なのだから、対象から来る光はフィルムや目に達するまでに、写真の場合は極小であっても時間を要している。髪の毛一本ほども隔たっていないが、それはすでに「過去」の姿である。それならやはり写真には過去が写っているのだろうか。

アラン・レネの『夜と霧』というナチス強制収容所の映画がある。映画はぺんぺん草が生え廃墟となった絶滅収容所の動画から始まり、虐殺されることになる生きていたユダヤ人たちや、ゴミのように捨てられた死体の山の写真などで構成されている。この動画と写真の間に「運動イメージ」の違いはあっても、時間の断絶は感じられない。「過去」は、哲学者ベルクソンが言うように、そのままそれ自体のうちに保存されているようだ。

死んだ友人の写真をたまたま見つける。そこにはかつての姿が写っている。深さはなく、深淵はなく、その瞬間の、過ぎ去ってしまった「現在」が写っている。現在は過去から切り離せなくなる。だがそれは過去であって過去でない。そして私はもう何が何だか訳が分からなくなるのだ。

96　私の銀河鉄道

先日、テレビで宮沢賢治の暮らした岩手県花巻の番組を見たので賢治について触れたくなった。畑を耕し、農業に新風を吹き込もうと農業を教えたりしていた賢治は、かたや膨大な草稿を残した。賢治にはたくさんの顔があった。今でも賢治の詩である『春と修羅』などをぱらぱら繙《ひもと》くことがあるが、ここにはまた別の顔をした賢治がいる。本当の賢治はどれだろう。

青じろい骸骨星座のよあけがた
凍えた泥の乱反射をわたり
店さきにひとつ置かれた
提婆《だいば》のかめをぬすんだもの

この同じ詩集のなかで賢治は「いつたいそいつはなんのざまだ／どういふことかわかつてゐるか」と吐き捨てていたが、この「春光呪詛」という詩が女性についてのものだとしても、銀河鉄道もまた深い虚無の空の底を走っていたのである。童話ですなどと言われると、そうなのかなあと思うしかないのだが、グリム童話であれ何であれ、すべての童話は恐ろしい、どんな天使もそうであるように。

読書が決定的な体験となるのでなければ、本などなくてもよい。ホメロスから芭蕉まで（このような例は果てしなく変更できる）、本はそのためにあるのではないだろうか。私の最初の賢治体験は小学五年生の頃だった。私は読書会に通っていた。読書会といっても三、四人の子供が集まっているだけで、先生は元国語教師だった。厳格な物腰をいつまでも失わないようで、物静かな、どこか世俗を感じさせない中年婦人で、今にして思えば独身であったと思う。賢治が北上川の川岸をイギリス海岸と呼んだように、私もまた賢治の顰《ひそみ》に倣《なら》って、この先生はイギリス婦人であったと言いたい。

先生の木造アパートは駅のすぐそばにあった。静まり返った部屋で『風の又三郎』や『銀河鉄道の夜』を読んだ。子供用の本ではなく、薄茶色の岩波文庫である。外はもう真っ暗で、電車がガタゴト通る音が向こうに聞こえていた。賢治の作品に出てくる小学生たちのように行儀よく並んで腰かけた私たちは、きちんと整頓された部屋のテーブルの上に文庫本を直角に立てて、ひとりずつ声を出して読んだ。わからない漢字は先生が補ってくれた。

先生が「銀河鉄道」を朗読してくれることもあった。賢治の汽車は出発し、先生はゆっくり賢治の文章を噛みしめるように、咀嚼するように、飲み込むように読んでいた。普段は慎ましい先生の不思議な口の動きを見ていると、賢治の文章を食べているようだった。こんなコラムよりたぶんずっと的確だったはずの「銀河鉄道」の読書感想を私が述べると、先生はにっこり微笑んでくれたが、大抵いつも唇は閉じたままだった。また向こうで電車が出発する音が聞こえた。あの汽車はきっと遠くまで行くのだろう。子供たちにとって、しんと静まり返ったこの小さなアパートにはいつも「遠く」があった。

97　二十五年

一九九五年一月十七日、仏滅、満月、午前五時四十六分。

かかえていた仕事がうまくいかず、書くのを諦めて午前四時頃に床についた。眠れないままベッドに横になって、正面の窓のない壁をぼんやり見ていた。ドーン。最初の垂直の衝撃。……。飛行機が落ちた？　いや、違う。トラックが突っ込んだ？　爆弾？　そんなはずはない……。数秒しか経っていなかったはずなのだが、頭のなかの瞬時の思考はまさに私を分裂させるごとく走馬灯をぐるぐる駆け巡っていた。私は自分の外に出た。いや、地震だ！　あっという間に部屋はめちゃくちゃだった。本が水平に蝶々のように飛んだ。それから本棚が飛んでいった。部屋が渦を巻いていた。ついさっきまでぼんやり見ていた壁が一挙に崩れ落ちて、外にもの凄い青空が広がっているのが見えた。ルネサンス絵画、ジョットの「パドヴァの青」（画家はそれを天上の空ではなく地上の青空として描いた）だった。恐ろしいまでに美しい空。雲ひとつない。轟音が聞こえた。私はこの真っ青な地上の碧空を生涯忘れることはないだろう。その刻限、外はまだ真っ暗だったはずで、後でわかったことだが、地震と同時に六甲山の稜線を稲妻が走り抜けたらしかった。家は全壊し、壁はなくなり、床には大きな穴が空いていたが、なぜか私は無事だった。

阪神淡路大震災から二十五年。時間が地球の運動に従っているにせよ、原子の発する電磁波の周波数によるにせよ、時間は逃げ去るのだから、二十五年という歳月は誰にとっても同じものではない。しかしあの地震が、流れる時間を絶って人々を同時にもうひとつ別の時間のなかに投げ込んだのだとしたら、この時間はひとつの動かしがたい別のセリー（連続）を生み出したことになる。生き残った者たちにとってこのセリーに果てがないのは、それが癒えることのない悲しみや苦しみからなっているからだろう。災厄があった。人が大勢死んだ。夜が明けた近所の道に呆然と佇んでいた男性は、毛布にくるまれたひとがたを指差して、さっき女房が死にましてねえと呟いた。だが私は今もこうして生きている。瞬間は消えたのに、逃げた時間はずっと続くだろうが、元々あったこの時間は裂けてしまった。

神戸の詩人季村敏夫さんは、震災のことが綴られた『災厄と身体』にこう記している。

「なにゆえにここいてあそこにいないのか、なにゆえに今いてあの時にいないのか」。／パスカルの言葉だが、阪神大震災をくぐり抜けてきたものは、その通りだとうなずく。愛するひとの突然の喪失。もう生きていくことはできない。だが生きよ、死者が命じる。／「私のぶんまで生きてね」、ある朝、ふと仰ぎ見る空が伝える。

生きている私はこうして何を書いているのだろう。書くべきことがあるのだろうか。夜明けの道端にあった毛布の棺のなかに誰かの化身の形はあったのか。私の無力感は見送った人の無力感をただ見ていることしかできなかった。同じパスカルは『パンセ』のなかで言っている、「逃げ去った思考、私はそれを書きとめたかった。代わりに、私は思考が逃げ去ったと書いている」。逃げ去った時間も同じである。

98　何を省略するのか

とても気になる小説の冒頭がある。逆に読み始めた途端に嫌になって、本を投げ出してしまうこともある。何も濃かったり激しかったり、センセーショナルな書き出しがいいということではない。たまに何も起こらない小説もあるのだし、文学作品は何も強制しないのだから、例えばお天気の記述で始まる小説も悪くない。だがお天気の記述が小説の出来事の一部というよりも、筋とは無関係に、その記述が作品自体の雰囲気（文体）が秘密裡に要求する「省略法」のようなものであることがある。

オーストリアの作家ロベルト・ムージルの長篇『特性のない男』の有名な冒頭はこんな風に始まっている。「大西洋上に低気圧があった。それは東方に移動して、ロシア上空に停滞する高気圧に向かっていたが、これを北方に避ける傾向をまだ示してはいなかった」。この後もお天気の記述が長々と続くのだが、著者が何を言いたかったのかと言えば、「それは一九一三年のある晴れた日のことだった」ということである。体験する人間のいない体験がある。ムージルはこのお天気の記述を詳細に続けることで逆に何かを省略している。冒頭から読者は迷子になる。この場合の省略法が省略に見えないのは、それが過剰さによって表現されているからである。したがってむしろそれぞれの作家の省略法によってその作家の特徴が現れると言ってもいいくらいである。

見かけの上では反対の例もある。作家サド侯爵を二十世紀に蘇らせた立役者の一人であり、詩人でもあったジルベール・レリーという人がいるのだが、彼の詩集『わが文明』の冒頭の一ページはこんな文章からなっていた。「一九二八年三月十八日日曜日、午後二時、ゲテ・リリック上空の雲の形」。一ページこれだけで、前後の文章はきれいさっぱり省略されている。

最初にこれを読んだとき、私は感動を覚えるのを禁じ得なかった。何というフランス語のそっけなさ！　だがゲテ・リリック劇場の上空を過ぎ行く雲の形が見えるようではないか。詩人はそれを見上げて陶然としている。サドへの愛着が吐露され、エロチックでもあるこの詩集全体は、格調高く叙情的な言葉で綴られているのだが、彼が全生涯を捧げたサド研究に散見される事実に対する偏執、「事実に対するフェティシズム」の簡潔な息遣いを私は目の当たりにした気がしたのである。生涯、この人はサド研究に関して感動的なまでに頑固一徹だったが、詩に対しても時流におもねることはなかった。

とはいえ省略はたいてい非難の的になる。これでは何のことかわからない！　私の挙げた例はお天気のことであるし、書かれていることはこの上なく明晰で、実に明白だというのに。人は省略というこの大胆な言葉の綾《あや》によって寄る辺のない居心地の悪さを感じるらしい。それなら言うが、どうして人は文章において朦朧としたものではなく、いつも何かしらの論理的連関を求めるのか。小説にすら！

省略には、小説それ自体と同じように強迫的な基準がないし、前後の文章の退屈な文法的連関を断ち切ってしまう「破格語法」めいたところがある。それは文章における自由の証明であって、それ自体心地よい、あるいは機知に富む自由である。省略に違和を覚える人は自由が嫌いなのだろうか。

99　ペスト

今私たちはコロナ禍の渦中にあるが、かつて無差別に人々を恐怖のどん底に陥れたペストを忘れることはできない。十四世紀の犠牲者は一億人とも言われていて、病の様態、発生の仕方、その影響など、様々な意味でペストは歴史的に特別な伝染病であった。

ところで、ルネサンスという言葉を聞けば、誰もが何となく思い浮かべるイメージがある。それは再生であり、新しい思想の誕生であり（人文主義、新プラトン主義）、ボッティチェリの初期の絵に代表されるような春の謳歌である。だが少し待っていただきたい。歴史家のなかにはルネサンスはなかったと主張する人もいるくらいであるし、私にもいつも疑念が生じるのだが、春が来たように長閑《のどか》な時代などではなかったのではないか。中世のみならずいわゆるルネサンス期もまたペストが猖獗《しょうけつ》を極めた時代だったからである。

ダンテをいち早く称揚したフィレンツェの作家ボッカッチョの『デカメロン』によれば、十四世紀クリミア半島に発生したペストによってヨーロッパ人口の四分の一が死滅したと言われる。四分の一！　ダンテの地獄は実際に現出した。それは初期ルネサンス絵画に描かれたようにちょうどハレー彗星が不吉な尾を引いて夜空をかすめ、ペスト平癒のためにあのノストラダムスが医師として奮闘し、吸血鬼ノスフェラトゥが鼠だらけの舟底の棺のなかに眠ったまま海を渡って運ばれた時代であった。

一三三一年、中国の歴史にはじめてペストが登場しているし、一三五一年にはロシアへ、そして一五〇二年、南仏プロヴァンスへ伝染する。ノストラダムスが活躍したのはこの頃である。一五七六年、ミラノで大流行。同時期、フィレンツェに蔓延する。一六二八年、ロンドンの住人の約半数が死亡し、都市は完全な壊滅状態に陥る。一六三〇年、ミラノで八万人、ヴェネツィアで五〇万人の死者を出す。一六五五年、再びロンドンに蔓延。そして一六六六（666！）年、ペストはまたたく間にヨーロッパ全土に拡がった。……

年表を見るとあまりにも長い間、しかも不思議なことに突然収まったり、また発生したりしながら大災厄をもたらしているが、早くは紀元前四二九年、エジプトからアテネへ伝染したという記録があるし、西暦一六一年にはローマ帝国へ拡がった。

すでに紀元前にもの凄い記述がある。ローマの哲学詩人ルクレチウスの『事物の本性について』である。この本は奇しくも美の女神ヴィーナスへの讃歌から始まり、ペストの惨《むご》たらしい記述で終わっている。この本の写本が最初に発見されたのは十五世紀イタリアにおいてだったが、この本の描写こそが、時を越えて、ペストにおいて、世界の終末の情景において、ルネサンスの寓意のひとつになったとしてもおかしくなかった。

ペストが収まったかに見えた二十世紀はどうだろう。アントナン・アルトーの「演劇とペスト」（『演劇とその分身』所収）とアルベール・カミュの『ペスト』がある。アルトーは肉体の内と外で起きているペストの神秘的な気まぐれと残酷さ、および演劇の内と外で起きるある種の事件の幻惑的相同性について語っていたし、カミュはペストによって孤立した都市、その住民の闘いを描いている。

100　私の離人体験

エッセイなり評論なり小説なり何かを書き終えた後に、何と言えばいいのか、自分が稀薄になっていると感じることがある。書いた後のそれなりの疲れや何かを成就した感覚はあるのだが、あまり現実感がない。現実感というのは実感であるから、実感がないとも言える。この感じは不快ではないが、書いていたはずの私はどこに居たのだろう。

二月に『離人小説集』という初書き下ろし小説を上梓したのだが、今回も同じような気分に襲われたのでそのことについて記してみたい。自分が書いたはずの小説であるから手前味噌にならないように気をつけなければならないが、我々誰もがみな批評家として意見を言えるのであるし、そもそも自分が書いたからといって、その作品なり何なりを自分が一番理解しているということにはならないのである。作品を批評してくれる人に出逢えることはしたがって僥倖《ぎょうこう》であり、そのことによって作品にまったく別の光が当たり、それがまったく違った相貌を見せることとさえあり得るというのは理にかなっているし、よくあることである。

この本は少し独特の構造になっていて、全作が作家についての短篇である。取り上げた作家たちは、漱石門下の芥川龍之介と内田百閒、フランスの少年詩人アルチュール・ランボー、神戸にも縁《ゆかり》のある稲垣足穂、ポルトガルの離人的な詩人フェルナンド・ペソア、無名作家である原一馬、フランスの詩人であり俳優で演劇理論家であったアントナン・アルトー、地獄に行ったと伝えられる平安時代の公卿で歌人の小野篁である。だからといってこの本は作家たちの伝記や評伝ではなく小説である。

離人というのは、一般的には何か極限的な限界体験をしたときに自分というものが乖離することである。この限界体験には死を前にした恐怖や肉体的苦痛も含まれるし、精神医学的には自我の分裂であり、離魂病のようなものであるが、このタイトルに精神病的な含みはまったくない。少なくとも私にそのつもりはなかった。もちろんこれらの作家たちそれぞれに極限的な体験があったのは事実であるが、これらの作品を書いていたとき、たとえこれらの作家たち自身がそれぞれの狂気を生きたのだとしても、精神医学に何らかの信を置くことはなかった。

けれどもこれらの作家たちを私が敬愛し、偏愛していたのは本当である。私はこれらの作家たちがたしかに生きた瞬間を、それがほんの数日のことであれ一生のことであれ、できれば彼らの文章の息づかいに即して、自分がそれを生きるようにして再現してみたかった。私はこれらの作家たちに憑依されたのではなく、彼らの文章に、あり得たかもしれない彼らの生の一コマに私のほうが憑依しようとした。

だがまたしても例のことが起きた。はたして私がこれを書いているのだろうかという強い感覚である。自意識はどこかへ消えていた。喜びにも近いこの矛盾した感情は、いつの間にか私にとって書くことの根幹に居座ってしまったようだ。それにしても私は、彼ら作家たちの肩越しに彼らの書く文章を覗き込み、今度は私が書くことで、少年が一目惚れするように改めて彼らを愛したのである。愛の形こも色々ある。愛は奇妙である。私の離人体験とはこの愛のひとつの形であった。

101　二つの戦後長篇

戦後日本の二大長篇小説といえば、好みがどうであれ、私にとっては埴谷雄高『死霊』と三島由紀夫『豊饒の海』をおいてほかにない。長篇と聞けば紫式部やトルストイやドストエフスキーやローレンス・スターンがすぐに思い浮かぶが、この二作はそれらのどれにも似ていない。

近代日本にあってこの二作は、その長さのみならず、思想的構想の遠大さ、文章的技巧の独創性において他の追随を許さない。長大な思想小説などと言われれば、現代の読者は鼻白む思いがするだろうが、（埴谷の作品は作品の構想としては未完であるとはいえ）両作品の完成度の高さは他の小説とは完全に別の次元にあるし、人生を賭した作家としての一徹と覚悟、そして両作品の意図における否定性の強靭さと不気味なまでの一貫性は疑う余地がない。

だがそれでいて、これほどまでに何もかも異なる小説があるだろうか。左翼と右翼であった彼らの政治思想だけではない。骨肉から滲み出したはずの文体は言うに及ばず、それが彼らの「思想」から生み出されたものであったとして、そもそも「美」に対する観念が徹底的に違うのである。埴谷のほうは作品が書かれた時期からも、その思想家としての態度からも、日本の前衛文学の先鞭をつけるものであった。それに対して同じく同時代の全てを知悉していた三島の表現が依拠する「美」はどこまでも古典的である。

しかしひとつだけ両者に共通する確固たるものがある。長篇でなければあり得なかった「形式」を備えていたことである。古今東西の稀有な小説のみが有する、句読点ですら動かしてはならない「形式」。作者はその形式のおかげで、それと同時に最後まで作品の「内容」を思考できたに違いない。『死霊』について武田泰淳は『滅亡について』のなかでこんなことを言っていた。「『死霊』はたしかに、その種の形式を保有している。その形式は、作者が小説を手軽な道具と考えることからは、決して生まれないものである。もとより小説の形式は常に、その作家の陰謀である」。小説は自由なものであるが、読者はお手軽な道具のような小説を拒否することができる。そして優れた作家の形式を読むことは作家の陰謀を受け入れることである。

『死霊』の最初の頁のエピグラフ。「悪意と深淵の間に彷徨いつつ／宇宙のごとく／私語する死霊達」。そこから宇宙大の虚空のなかを頑迷な登場人物たちはいつまでも彷徨い続け、「死」なるものがはじめて小説化されたのである。これは陰謀であり、手軽な道具を破壊する力業であった。十二章を予定していたが、作者の死去により小説は九章で未完のまま終わっている。それもあってこの形而上的思弁には果てがないように見えるのだ。

かたや『豊穣の海』は有名な最後の文章から逆さまにすべてが辿り直されたかのようであった。輪廻転生を通したこの遠大な思想的冒険はこれまた別の虚無のなかで終わりを告げるのである。「そのほかには何一つ音とてなく、寂寞《じゃくまく》を極めてゐる。この庭には何もない。記憶もなければ何もないところへ、自分は来てしまったと本多は思った。／庭は夏の日ざかりの日を浴びてしんとしてゐる。……／「豊饒の海」完。／昭和四十五年十一月二十五日」。

入稿の日でもあったこの最後の日付は、三島が陸上自衛隊市ヶ谷駐屯地において総監を人質に取り、割腹自殺を遂げた日であった。

102　病床にいるごとく

　コロナとの戦いはいわゆる戦争とはまた違うものであると思うが、何しろ敵が見えない。それで無闇に安堵したり、不必要に苛立ったりするのだろう。私はもともと蟄居気味の生活であるから、コロナ禍でさらに蟄居を余儀なくされているとはいえ、神経が鈍いのか、それで精神的苦痛を覚えることはないと自分では思っている。読書の傾向もさほど変わらなかった。ただしあえて読み返す作家は、何と言えばいいのか、さらに先鋭化するばかりであった。すでに病床にいて読んでいるみたいである。過去には本物の詩人や作家がいた。現在もいるのだろうが、そのような詩人たちが書いたような本質的ともいえる頁に、しかも病床にいて、たまさかに出くわすのは容易ではない。

　吉田一穂の詩を読んだ。「あゝ麗はしい距離《デスタンス》／常に遠のいてゆく風景……／悲しみの彼方、母への／捜り打つ夜半の最弱音《ピアニッシモ》」（『海の聖母』）。

　何度となく読み返した第一詩集の短い巻頭詩である。十代の頃、物静かな佇まいのこの詩にははじめて接して、経験したことのない感慨を覚えた。自分が今いる場所から遠ざかるようであった。そして何といっても一穂の詩には音楽があった。病んだ私を癒してくれる音楽だったが、悲しいとも、ただ単に優しいともいえない音楽であった。少年の読書は少年の読書であるが、しかしいつ読んだのかが重要なのではない。詩の隔たりなど須臾《しゅゆ》の白昼夢である。あらゆる意味で、私の病は今も癒えているはずがないからである。
明治三十一年北海道上磯郡に生まれた吉田一穂は、その後東京に移り住んだが、私にとっていつまでも北方の詩人である。

参星《オリオン》が来た！　あゝ壮麗な夜天の祝祭／裏の流れは凍り、音も絶え／遠く雪嵐が吼えてゐる……。

あるいは、後の鏤刻《るこく》の詩「白鳥」の冒頭、

掌《て》に消える北斗の印。／……然《け》れども開かねばならない、この内部の花は。／背後《うしろ》で漏沙《すなどけい》が零れる。

あるいは、その最後の一行、

雲は騰《あが》り、塩こゞり成る、さわけ山河《やまかわ》。

何て美しい異国の言葉だろう。北であれ、南であれ、どこにいようとそれは異国の言葉であった。

針孔から隊商が入ってくる、／絡繹と跫音もない影の市へ、／この夕暮れの異国の言葉。

第二詩集『故園の書』などを読むと、北方の自然ではなく、大正アナーキズムの都会の陰影を通り抜けた風合いがある。文学評論もある音楽評論家吉田秀和は、この詩集をドイツ表現主義の映画『カリガリ博士』になぞらえていたが、さすが音楽評論家である。一穂の謦咳に接したことのあった吉田秀和の真率な一穂論を読むと、一穂の読者であるには、音楽を聴く人でなければならないのではないかとますます思えてくる。

きちんと片づけられた詩人の机の上には一枚の紙が置かれてある。翌日もまだ白紙のままだ。詩人一穂の潔癖さはその乏しさのなかにある。鏤刻の詩人は骨身を削っている。したがって文も削られる。詩は細く、痩せ、強くなる。私もまた詩人に憧れる。いつも病床にいるようなものだから、贅言《ぜいげん》を弄するのが嫌になる。

103　晩年様式

トランプも習近平も「恐怖」に取り憑かれている。晩年を迎えた愚か者の証しだろう。大国の治者なのだから、個人的恐怖では済まない。人種差別もヘイトも全部「恐怖」が根底にある。歴史の本を繙けば、ローマ時代からこの方それは変わらない。嘘つきで不誠実な首相を戴いた、無能と無責任を絵に描いたようなどこかの政府はどうなのか。

恐怖がいたるところに棲息していることは分かっている。私は心臓病を患っているし、肺結核も癌もやっているので、コロナに罹ればたぶん助からないかもしれない。病気への恐怖はあるが、それでも最近一度も飲みに行かなかったかと言えば嘘になる。益体もないことだし、恐怖が聞いて呆れるが、こちらの敵は目に見えないのだから始末が悪い。

作家は何の役にも立たない職種だが、私は作家の端くれであるので、自分が書かねばならない作品のことを思ったりする。恐怖にかられているのではない。他のところにも書いたが、そういう訳で、最近「晩年様式」について考えていた。私にもそれなりに希望はある。

ベートーヴェンにもミケランジェロにもボッティチェリにも「晩年様式」と言えるものがあった。彼らの晩年様式は不可解なものだった。ベートーヴェンはかつて自分の音楽のなかにあった英雄的なものを形式ごと否定する。ミケランジェロは彼自身のものであった芸術の偉大さを、その崇高な美を、醜悪に近いある貧しさに変える。ボッティチェリはかつての華美を捨て去る。彼らは「円熟」を否定し、晩年に創造したのは「綺想」とも言えるものだった。それでいて彼らの作品は堂々としたままだ。それは個人的恐怖からほど遠い。

枯淡の世界に呑気に浸るのはいいものであろうが、悟ったような枯淡の「境地」など老人の戯言《たわごと》である。何らかの境地には十代の若者でも達することができる。「晩年様式」はひとつの境地ではない。それはある種の形式であるが、例えばベートーヴェンの晩年作品『ディアベリ変奏曲』は形式的にずたずたであるし、かつての巧みな形式の自然な発展は見られない。ベートーヴェンはわざとそれをやってのけた。彼の高度な技巧によってこそ、形式は破綻することしかできなかったのだ。そしてベートーヴェンの晩年の思考と最高度の巧みさは形式の調和とロマン主義を破壊しただけでなく、新しい音楽の予兆を孕んでいた。彼が全聾になったこともまた「晩年様式」を生み出す元になったのかもしれない。それが不運であったとは言えないのではないか。

フランスにシャトーブリアンという作家がいた。彼はロマン派の名文家として知られていたが、最後の作品『ランセの生涯』は感動的なまでにそっけない小説である。速さ、放棄、ぞんざいさすら思わせるが、それは老練な作家の晩年様式だった。文は省略され、説明は省かれ、感情は削られた。慧眼でない批評家からすれば、それは文体の破綻であった。

彼らは何を目指していたのだろう。極限の自由である。死ではない。いかなる生も死によっては完遂されないからだ。粉砕された形式もまた形式であるが、形式の絶対は果てしなく壊乱され、調和は破られる。極限の自由は和解不能なのである。

104　ばらけつ詩人

季村敏夫さんは詩人であり、考古学者ではないが、「詩《ポエジー》」がどこに埋もれているのか、いつどこで眠らねばならなかったのかに目を配り、沈思し、詩の「発掘」を続けてこられた。ヴェスヴィオ火山大噴火後の火山灰、その下に埋もれた作者不詳のポンペイ壁画。私はそんな絵が好きだったが、ここで発掘されるのはギリシア風の壁画ではなく、手ずから生け捕りにした日本語のポエジーである。ポエジーはいつまでも死なない。季村敏夫さんが、神戸のモダニズム詩人たちについて、『一九三〇年代モダニズム詩集』に続いて発掘し編纂し論評した本は、今回で三冊目である。題して『カツベン――詩村映二詩文』。

カツベン！　活動写真（映画）の弁士のことだ。若い人たちにはぴんとこないかもしれないが、当時の映画はサイレント、無声映画であり、それに活動弁士が科白をつけたり説明したりしたのである。その頃は、外国で映画が封切られると、もうその翌年には、いろんな匂い、小便の臭いもする浅草や神戸湊川で活弁が声を張り上げていたのだから驚きだ。

詩村映二（一九〇〇～一九六〇年）。名が体を表している。詩の村の映画三昧。彼は「移動する白い雲」のように、神戸湊川新開地、姫路、難波千日前などの映画館で弁士をやりながら詩を書いた。神戸弁丸出しの弁士。何とも素敵な二足の草鞋《わらじ》ではないか。それどころかまっとうなひとつの道筋だったかもしれない。浄瑠璃、歌舞伎は言わずもがな、日本にはすでに豊富な話術があった。活弁には落語風だってあったし、新派風も、浪花節もあった。何でもござれだ。モダニズム詩人が拍手喝采を浴びてもちっともおかしくない。

稲垣足穂と同い年の若き詩人の出自は「バラケツ」（薔薇と尻。不良少年の愚連隊のこと）だった。詩村は言う、「意識が対象を分解するのではない。意識が意識を極限するのである。其処にあるのは恐ろしい空白だ。無智蒙昧な詩人達はこの空白を信仰すればよい」。かつて出来事と人物が行き交った陋巷《ろうこう》にあって、不良の渇望、鋭敏、苛立ちは、その理念ともども少なからずそういう所へ向かうのだから、これまた彼が詩人であってもちっともおかしくない。新開地に屯《たむろ》する貧しい不良少年の面目躍如である。快活で乱暴だったはずの不良少年は西洋のアヴァンギャルド文学に接し、ヴァレリーを読み、思索し詩作した。

神戸詩人事件があった。真珠湾攻撃の翌日、トーキー反対の労働争議に身を投じたこともあった詩村映二は特攻警察に検挙される。容疑は反戦。戦後、アナーキスト詩人は雲のように、映画が終わるように、表舞台から姿を消す。活弁士と詩人の面影も失い、妻子を引き連れ、あるいは妻子を残したまま神戸から姫路へ、加古川へと移り住む。かつて長女は百箇日法要の寄せ書きに書いた、「愛する父、軽蔑する男」、と。

最後に詩村の「月蝕」という詩を挙げておこう。この港は詩人の見た神戸それとも姫路の港だろうか。

風に逃げて行つた
動かぬ霧の中に港がある
静粛が一艘の船を繋《つな》いでゐる
マストの尖のランプ（カンテラの灯はよろめきながら睡る）
水夫のゐない海の怠惰な肌
景色を横切《よぎ》るものがないので町の女らは侘しがる
そして一羽の鷗は死んでやろうと考えてゐた。

（『カツベン――詩村映二詩文』）

105 作家練習

レーモン・クノーというフランスの作家がいた。日本ではまったくお目にかかれないタイプの、ある意味で奇想天外な作家である。シュルレアリスム運動に関わったことがあり（すぐに脱退）、描写はしっかりしているのに、独特のユーモアのある、どこかズレた「前衛」的小説を発表し、ヌーヴォー・ロマンの先駆けとされた。どの小説にも英雄的人物は登場せず、さしたる事件も起こらない。現代数学に関心を持ち続け、真面目なのか、ふざけているのかわからない風を装うかのように、文学と哲学と数学について思索した。数学云々についての真偽の程を詳らかにする力量は残念ながら私にないが、たしかに彼の文学的営みは以前のどの文学とも違っていた。「ウリポ」（ポテンシャル文学工房）など特殊な文学グループに強い影響を及ぼしたが、数学に関しても玄人跣《くろうとはだし》であった。おまけに生涯のほとんどを名編集者として辣腕《らつわん》をふるい、大手出版社ガリマールから給料をもらっていた。遊びにも長けていたらしく、戦後の盛場サン＝ジェルマン＝デ＝プレの有名人であった。

クノーに『文体練習』という本がある。「S系統のバスのなか、混雑する時間。ソフト帽をかぶった二十六歳ぐらいの男、帽子にはリボンの代わりに編んだ紐を巻いている。首は引き伸ばされたようにひょろ長い。客が乗り降りする。その男は隣に立っている乗客に腹を立てる……」という件りから始まる十行にも満たない一文。この一文が、同じような内容でありながら、まったく異なる文体をもく九十九の文章へと変奏される。名人芸である。古典風から口語まで、荘重なやつからふざけたものまで、文学的なものから科学的記述まで色々あるが、なかには俳句や（ちんぷん）漢文の章も挿入されてある。何しろ九十九の「書き方」が示されているのだから、この本はフランス語のお手本として教則本のようにもなったと聞くが、朝比奈弘治の日本語訳がこれまた名訳なので、日本語で読んでもその面白さに遜色はない。

バッハの音楽にはひとつの主題をさまざまに変奏したものがあるが、バッハの場合、どれを聞こうとそこには厳然としてバッハの世界が現れているのがわかる。しかしこの変奏本の場合はどうなのか。そんな風に考えると、そして作家の文体練習という離れ技または自分から買って出た苦役を思うと（クノーの言語への探究は半端なものではなかった）、個々の変奏の印象からすれば、音楽と文学の違いが見えるはずだ。文体練習ということに気を取られると、バッハとは異なり、読者は即座にこれらの頁がそれぞれクノーの世界だとは思わないかもしれない。でもそんなことはない。作者による何の説明も挟まないこの本は紛れもないクノーの世界である。文体練習は巡り巡って彼独自の作家練習となる。

別の名作がある。言葉遊びで一杯の『地下鉄のザジ』。ヌーヴェル・ヴァーグの監督ルイ・マルが楽しい映画にした。おてんば娘ザジは地下鉄に乗りたくてパリへやって来たのに、地下鉄は生憎《あいにく》ストライキ中。女装の踊り子の伯父さんガブリエルの家に預けられた少女は、雑言をまき散らしながらパリを冒険する。以下は最後の名セリフ。

「それで、楽しかった？」

「まあまあ」

「地下鉄は見た？」

「ううん」

「じゃ、何したの？」

「歳とっちゃった」

106　にせもの

最近、「偽書」というものについて考える機会があった。

偽書といえば日本でその最たるものは、しかもインチキであると最も攻撃されたのは、『竹内文書』だろう。竹内家に伝わる、神代文字《じんだいもじ》で書かれた原本と、それを漢字とカタカナ混じりの文に書き換えた写本からなる。天津教《あまつきょう》の聖典であったが偽書とされ、ご多分に洩れず、一九三〇年代に天津教弾圧事件が起きた。竹内家の当主は特高警察によって検挙され、戦後天津教はＧＨＱによって解散を命じられる。竹内文書には『古事記』や『日本書紀』とは全く異なる古代日本の歴史観が示されているが、「イスキリス・クリスマス」（イエス・キリスト）が日本へ渡来したというような記述も見られる。

しかしこのように毀誉褒貶《きよほうへん》はなはだしいものばかりではない。日本にも『玉伝深秘巻《ぎょくでんじんぴのまき》』や『須磨記《すまのき》』など、一般にはあまり知られていない偽書も色々あるが、世界一のベストセラー本である『聖書』についてはどうだろう。現在出版されている聖書はユダヤ教とキリスト教会が正典と認めた書からなるが、それ以外に、旧約・新約どちらについてもユダヤ教、キリスト教の膨大な外典・偽典がある（日本語訳も出版されている）。

二十世紀半ばに古文書写本がヨルダン川西岸にあるクムランの洞窟で羊飼いによって発見された。

『死海文書』である。世界中の宗教学者がざわついた。紀元前三世紀から紀元一世紀頃のもので、ヘブライ語聖書（旧約聖書）の最古の写本が含まれていたが、「呪いについて」や「新しきエルサレム」など聖書にはない文書もあり、ヘブライ語の他、アラム語、ギリシア語などの言語で羊皮紙やパピルスに記されていた。

そして奇しくも『死海文書』と同じ頃、エジプトのナグ・ハマディ村で農夫によって土のなかから壺が幾つか掘り出された。その中にもパピルスの写本が！　一世紀から三世紀にかけての原始キリスト教の写本群『ナグ・ハマディ文書』である。キリスト教の偽書については、古来から司教や神学者の異端反駁のなかで言及されることはあったが、これら発掘された写本のなかには、『ヨハネのアポクリュフォン』や『マリア福音書』（マグダラのマリア）以外に、はじめて目にする多くの驚くべきグノーシス文書が含まれていた。

グノーシス主義とは一世紀から四世紀にかけてエジプトのアレクサンドリアなど地中海周辺で勃興した異端的宗教思想である。グノーシス派には、下等な造物神によって造られたこの世は悪であるとする特徴があるが、正統派は教会の権威を覆しかねないこれらイエス語録や福音書を認めない。裏切り者の評判を刷新する『ユダの福音書』も発見された。

だがここで、はたと疑念が生じる。これらの偽書はただ出典が明らかでないということなのか。それとも正統派を論駁するために、誰かがでっち上げた捏造であるというのか。無名の作者、匿名の筆者は誰なのか……。さらに疑念は膨らむ。『源氏物語』は紫式部によって書かれた。でも本当だろうか。そうだとしても、我々は紫式部が誰か知っているのか。私は作家の端くれなので本を書いているか「私」が書いたということに何か意味があるのか。それはすべての書物について言えることではないだろうか。

107　最後の作家

これからも未来がずっと続いていくのであれば、「最後の作家」などというものは考えにくいかもしれないが、それでも思わずそういう風に言わしめる作家がいる。

今年の二月、古井由吉が亡くなった。作家独自の日本語を書くことのできる、しかもそれを自在に書ける作家、作家自身ではなく文章自体がその文章をそれとなく鼓舞して書いているとしか思えない独創的な文体の流れを、律動を生み出し、そしてどこかで見たことがあるようで、それでいて突として現れる清新な小説の風景を描き切れる作家はこれで一人もいなくなった、と言ってしまえば大仰に過ぎるだろうか。私は決して古井由吉の忠実な読者ではなかったが、せっかくなので幾つかの作品を読み、読み返してみた。

どうしてかつて私は忠実な読者でなかったのだろう。この作家の力量はわかっていたが、最初、彼について言われた「私小説」や「内向の作家」という評言に不覚にも惑わされ、なんだそんな作家なのかと早とちりしたからだったし、臍曲がりな私には、小難しい批評家たちがこぞって右へ倣えで彼を漫然と持ち上げているように思えて白けてしまったからである。私の胡乱《うろん》な食わず嫌いにすぎなかったけれど、批評家たちの方もあらかた間違っていた。時代背景がどうあろうと物を書く人間に鬱屈した内面があるのは当たり前の話である。そんなことより、何しろ彼はムージルやブロッホを訳したドイツ文学者でもあった。

古井由吉の文章はそれ自身の内側にめり込み、あるときは鋭く反り返り、リルケの詩のように、あるいはバロック芸術のように、あるときは柔らかく折れ曲がる。そのあげく、ふと気がつくと、屈曲したかに見えた文は、見知らぬ辻や三叉路に卒然と立っていたりする。小径を通り、藪を過ぎ、電車に乗り、驟雨に遭い、雨戸を開け、女に会い、現実から覚醒し、逃げることもかなわず、邯鄲《かんたん》の夢のなかで知らぬ間にどこかへ還ってゆくように再びまどろみ、そのままいつしかとっくに覚めている自分に驚愕したりする。彼はその妙技を何食わぬ顔で小説のなかに示すだけだ。なるほどそれはほとんど思想であった。

忠実な読者でなかったのだから、私の好みなどと言えば僭越だろうが、あえて述べれば、『山躁《さんそう》賦《ふ》』あたりから後の作品が迫ってくる。この辺から「物語」の箍《たが》が外れる。終わりなきものがつけ加わる。そして特筆すべきは古井由吉は耳がとてもいいことである。そんな耳であるから、空耳であっても沈黙の縁《へり》を聴くことができる。彼にかかると、何も聞こえていないはずなのに空音《そらね》は季節外れのホトトギスの忍び音であり、いたのかいなかったのか、びくっとするような「頓狂な声」となる。

先程も短篇を読み終えたばかりだったが、大事件など起きない彼の小説には、ふとわれわれの生のなかには深く禍々《まがまが》しいものがあって、それがのっぺらぼうのように顔を出すと思わせるところがある。その点では非常に深刻で怖いものがある。さっきも落ち着かなかった。その短篇にあったように、静心《しずごころ》なく花の散るらむというわけでもないし、私の視角のなかで幻花も空華《くうげ》もどこにも咲いていないが、明け方に寝ぼけまなこで気疎《けうと》い真っ赤な月を見たような気がして、気持ちの上澄みが今も波立ち騒いでいる。

108　閨秀《けいしゅう》作家の奔放

連日の深酒がたたったのか、持病をもつ心臓の調子が悪いのか、悪心《おしん》がするし、気分がすぐれないので午前中から臥《ふせ》っていた。どうしても眠られないので、ぼんやり窓辺のカーテン越しに曇天を眺めていたら、ずいぶん前の話でもあるし、鯨飲とは何の関係もないのであるが、懇意にしている編集者が須賀敦子と震災直後の神戸の街を見て回ったという話をなぜか思い出した。その時であったか、また別の機会であったか、同じ編集者が須賀さんと一緒にカナダへ行って来たという話を聞いたことも思い出された。彼は普段から外国旅行を好んでするような人ではなかったので、へえと思ったことを覚えている。

何とか起き上がり、須賀敦子の本をひっぱり出してぱらぱらめくっていたら、「ユルスナールの小さな白い家」というエセーが目にとまった。アメリカ最北東にあるメイン州マウント・デザート島のマルグリット・ユルスナールの家を訪ねたとあったので、そこはカナダのすぐそばであるし、その時のことかもしれないと思った。編集者の彼がユルスナールの家を訪ねたと言っていたかどうかもう定かでないし、もしかしたらカナダというのは私の記憶違いであったかもしれないが、ちょっとした記憶違いもまた、誰かの旅か夢の記述のなかを彷徨《さまよ》うきっかけのようなもので、この島の名前である荒涼たる山が窓から望めるひと気のない部屋の扉をあけたように、はっとするような現実の断片に出逢うことがある。須賀敦子（たち）が主人のいないこの家を訪れたのは夏だったそうだが、ここのところずっと暖かい陽気だったのに、今日は本格的な冬の到来を思わせる曇り空であったし、よけいに北部アメリカの島の寒さを思った。

『ハドリアヌス帝の回想』や『黒の過程』、『三島あるいは空虚のヴィジョン』や『世界の迷路』三部作などで知られるフランスの作家マルグリット・ユルスナール（一九〇三～一九八七年）は、須賀さんによると、ほとんどの作品をアメリカ北端のこの島にある小さな家で書いたらしい。重厚で、陰影に富んで、博識で、あちこちに才気を感じさせる文体、強い確信と激しい熱情を内に秘めながら、それでいて抑制のきいた古典的な語り口はこの白い家で生み出された。ユルスナールは旅の人でもあったようで、多くの旅の思い出は書かれなかった本物の夢にも混じっていたかもしれないが、長い旅から目覚めるように雪で凍った道を戻ると、彼女はこの小さな家に籠もって書くことに専念したのである。

『火――散文詩風短篇集』という作品がある。『ハドリアヌス帝の回想』は伝記小説の傑作であり、『黒の過程』も重厚な歴史小説と言えるだろうが、この本もまたパイドラーからサッポーまで神話的人物に題材を得ている。だが、「この本が決して読まれぬことを望む」という一文から始まり「自殺が問題なのではない。記録を破ることが肝腎なのだ」という一行で終わるこの鮮烈な散文は、ユルスナールに相応しい詩的奔放さに溢れているばかりか、ここでは古典的叙事詩が時代錯誤の様相をまとい、小説の枠組みをぶち破る勇気と大胆さに満ち満ちている。脱帽である。

109　私小説？

世の中が疫病で大変なことになっているからといって、しんみりしても埒《らち》が明かない。少しでも自分を研ぎ澄まそうとさっきから音楽を聞いたりしてみたが、寒空は灰色の冬空のままである。さてどうしたものか。建築工事の音がする。向こうの建物の取り壊し工事が始まったのが窓から見える。工事は春に向けて進むだろう。コロナ禍が猖獗《しょうけつ》を極めようと、地球は廻り、時は過ぎ、悪ガキのように逃げてゆく。身辺は残されたままだ。不埒なことに、どんな状況にあってもずっと自分を持て余してきたような気がするが、そんなことを思っている暇はない。

名随筆家である岩本素白《いわもとそはく》のような人にかかると、身辺雑記などといっても、子供の頃に表から聞こえた「ふけげエー」というお汁粉屋の妙な掛け声だけで面白い随筆が出来上がってしまうから驚きだ。「最初の怪異」と題された随筆であるが、素白随筆の「名文」を読んでいると、たいてい一緒に散歩している気分になるから、外に出なくていい。

日本の随筆は独特の芸術ジャンルである。日本語の「随筆」をあえてフランス語に訳せばエセーになるだろうが、モンテーニュの本のタイトルでもあるessaiというフランス語には、もともと「試み」という意味があって、したがって試論である。背後にはつねに「哲学」が控えていて、日本の随筆とは異なり身辺雑記とは言えない。日本の随筆の場合、たいてい身辺が取り沙汰されるのだから、そこには必ず「私」がいて、私の感情や心理があるのだろうか。そうであるとも、そうでないとも言える。西洋のエセーとは意匠は違えども、だからといってそれが哲学的でないとは言えない。主語の欠落や文の論理構造など日本語には曖昧なところがあるが、それが良いように働いて、独特の哲学的味わいを醸《かも》し出すこともある。

最近、小説を書いているので、小説について考えないでいるわけにはいかなくなった。随筆の話をしたが、日本の随筆と私小説は指呼《しこ》の間《かん》にあるのではないか。田山花袋や近松秋江《ちかまつしゅうこう》や志賀直哉をもって私小説の嚆矢《こうし》と見るようだが、小林秀雄以来、何度か繰り返された私小説批判をここで蒸し返すつもりはない。そんなことをしても無益だと思う。小説というのは、これはだめ、あれでなくてはだめ、というようなジャンルではない。小説は何でもありである。イギリスのローレンス・スターンやフランスのサドやディドロがすぐに思い浮かぶが、十八世紀ヨーロッパの小説にしてからがそうだった。小説は「自由」なジャンルなのだから、逸脱や脱線だけでなく、そこには極限の自由もありうる。

例えば大岡昇平の戦争体験記である『野火』のような小説をどう考えればいいのだろう。「私は再び飢えを感じた。音に驚いたか、谷の向こうの林の梢《こずえ》から、一羽の白鷺《しらさぎ》が飛び立った。（……）私の半身、つまり私の魂は、その鷺と一緒に飛び去った。魂がなくなった以上、祈れないのは当り前だ、と私は思った。今は私の右の半身は自由であった」。ひとりの敗残兵であっても、逃亡という異常な日常のなかにいるとはいえ、主人公の身辺と心象の模様がここには記されているのだから、定義に従うならこれは私小説なのだろうか。だが危機的状況にあっては、私的な身辺がそのまま歴史の真実になることもあるのである。

110　門前の小僧

まだ傍若無人の勢いと痩せ我慢が抜けていなかったみぎり、著名なフランス文学者であった生田耕作はフランス語もろくにできないただの若造をそれでも優しく受け入れてくれた。身も心も頭も完全に路頭に迷っていた時期であったが、私は毎日のように書斎で先生の謦咳《けいがい》に接することとなる。まずは、あちこち「直し」が入って迷路のようになった手書き翻訳原稿の清書が私の役目。昔の書生と同じような日々だったが、緊張して姿勢がよかったからなのか、先生は私のことを「蝙蝠傘を呑み込んだ男」と言って面白がった。

文学者としての生田耕作は怖い人でもあった。先生は同時代を認めず、詩を含めて現代文学一般を痛罵したが、それが私の接する毎日の日常的光景だった。その後私は先生が顧問をやっているプライベート・プレスのような小出版社の手伝いをやることになったが、先生はいつも着流しに雪駄か下駄といういでたちで事務所へやって来る。大正生まれの先生はまさしく最後の文人であったが、私は門前の小僧ですらなかった。

私自身そろそろ自分をなんとかしなければならない時節を迎えていた。先生から離れて、勉強も一からやり直さねばならなかったし、私には譲ることのできない私の時代の感覚があった。とまれかくまれ私は不肖の弟子であったし、どこかの馬の骨のままついに先生のもとを去ることになるのだが、かつて聞き覚え、勝手に盗んだ数々の教えもさることながら、めったに絶賛などしない先生がいつも感心ひとしおに夢見がちに語る作品があった。普段は何かにつけて外国の前衛文学の話が常であったのに、理由はよくわからないが、それが強く私の印象に残った。永井荷風の『雨瀟瀟《あめしょうしょう》』である。

生田耕作は長いあいだ翻訳者として取り組んできた外国の前衛文学の思想と、文人としての理想である荷風の間で引き裂かれていたのかもしれないと思ったりする。その間隙には書斎のなかの嗟嘆《サタン》が息をひそめていた。今となってはそれが先生の悲しみの一端であったのだろうと思っているし、長い歳月を経た今も私に何事かを語りかけてくる。当時は、坂口安吾が荷風のことをぼろくそに書いていたのを読んでいたからだろうか、あまりぴんと来なかったし、いつも先生はブルトンやアルトーやセリーヌの話をするのだから、あまりに荷風はかけ離れていた。あるいは『雨瀟瀟』には、外連《けれん》味はないが小説として嫌味なところがあると思うのだが、いくつも漢詩が引用されているからだろうか、教養のない門前の小僧に経が読めなかったのは、この漢詩への感興がなかったせいだったかもしれない。

晩年の生田耕作が漢詩を愛誦されていることを伝え聞いていたが、詩を書かない先生にも『雨瀟瀟』による詩興がずっと変わらずあったのだろうと思う。今でも漢詩という「経文」をすらすら諳《そら》んじることなど私にはできないが、門前の小僧も少しはそれを理解できるようになったのかどうか。とはいえ『雨瀟瀟』の冒頭近くにある荷風の名文、「夜になつてからは流石《さすが》厄日の申譯らしく降り出す雨の音を聞きつけたものゝ然《しか》し風は芭蕉も破らず紫苑をも鶏頭をも倒しはしなかつた」を忘れはしない。雨に倒れたかもしれないその鶏頭が私の強迫観念になってずいぶん時が経ってしまった。

111　砂漠

一九七五年、ひとりの若い日本人がサハラに没した。上温湯隆《かみおんゆたかし》。彼は十七歳でアジア、ヨーロッパ、中近東、アフリカ五十カ国の放浪を開始する。一九七四年に、ひとり駱駝に乗って再度サハラ横断を企てる。とにかく出発するのだ。もっと遠くへ、遥か彼方の泉へ、そして砂漠の向こう側へ。何としても旅立たねばならなかった。そこには何があるのか。彼の手記『サハラに死す――上温湯隆の一生』を読んで、当然、十九世紀の詩人ランボーを思い出した。「このまま進んでも、あるのは世界の果てだけだ」、少年詩人は十代の終わりにすでにそう書いた。ランボーは後にアビシニア（エチオピアの旧名）の砂漠をキャラバン隊で進んだが、放浪の果てに砂漠へ辿り着いたのは、詩を捨て去ったずっと後のことだった。

ロマン主義とは呼べない何かがある。上温湯隆は、職業的冒険家と呼ばれる人たちとはおよそ異なり、明日のために、その瞬間、その日を生きることが彼の流浪の旅だった。出発は幾度となく繰り返された。砂漠をさまようために、雲をつかむような彷徨を、そして帰還の日を夢見るために、すべてを準備した。「サーハビー」（わが友）と名づけられた彼の駱駝は、旅の途上で力尽きる。彼はサハラ横断を断念するのか。いや、彼は意気消沈から自分を奮い立たせ、新しい駱駝サーハビー第二号を手に入れる。一九七五年五月、灼熱の砂のなかへ新たに出発だ。まずは禿鷹に食われたわが友第一号の

頭蓋骨を拾いに行くこと、

その直後、彼の手記は唐突に終わっている。砂漠の灌木のそばに横たわる彼の死体が遊牧民ベドウィンによって発見される。渇死だった。恐らく元気すぎたサーハビー第二号が装備ごと逃走したのだろう。近くの砂丘には彼の足跡があった。きっとわが友を探したのだろう。自分を探すみたいに。死につつある彼を目撃したのは砂と太陽と夜だけであった。

「生と死には延長しようとする同じ欲望がある。永遠がそれを結びつけるのだ」。そう書いたのは詩人エドモン・ジャベスである。彼はイタリア国籍のエジプト在住でフランス語を母語とするユダヤ人だった。エジプトを追放になり、亡命したフランスで彼の書くものは変化する。ユダヤ人であること、自分が「書物」から出てきた民であること、そして砂漠の経験が一気に蘇る。彼の『問いの書』は私がはじめて翻訳した本だった。

「書物」の経験とは何か。冒険家には及ぶべくもないが、本をさまようことも冒険に似ている。冒険とは自分の一寸先を見極めることができないということだ。作家は根なし草である。そんな作家にだけ興味があった。書物の経験もまた砂漠にわけ入ったのだと思う。最悪の事態を予期しなければならない。泉は向こうにある。僥倖はほとんど緩慢な過程にあるが、突然世界が一変することもある。

十年目になる毎月のコラムは今回で終わる。読んで頂いた人には感謝の気持ちしかない。読者には勝手に振舞う権利があるが、読む人がいなければ、我々は立つ瀬がない。それにしても書くことは彷徨である。この迷宮のなかで感覚できるものを確かにこの目が見ているのだという保証はない。もぐらである。そしてさまよいながら書くことは、あらゆる権力や権威の外に出るということだ。これは私の意識というより日常の教えであった。

後記

「もぐら」と聞けば、すぐにカール・マルクスの「老いたるもぐら」という言葉を思い出す。もともとはシェイクスピアの『ハムレット』に出てくる言葉であるが、マルクスは、素晴らしい文章で綴られた『ルイ・ボナパルトのブリュメール十八日』のなかに「よくぞ掘ったぞ、老いたるもぐらよ」と書いた。老いたるもぐらはしたがって「老練なもぐら」であるが、しかし私は老練なもぐらではない。

むしろ念頭にあったのは詩人アントナン・アルトーがそのヴァン・ゴッホ論のなかに引用したヴァン・ゴッホ自身の次のような言葉である。

デッサンするとはどういうことなのか。どうやってそれをやり遂げるのか。それは目には見えない鉄の壁を貫いてひとつの通路を開くという行為であり、その壁は人が感じ取ることと為し得ることの間にあるようだ。いかにしてこの壁を通り抜けねばならないのか、というのもそれを強く叩いても何の役にも立たないし、私の考えでは、この壁をじょじょに侵蝕し、ヤスリを使って、ゆっくりと、辛抱強く、それを通り抜けねばならないからである。

これはまさにもぐらの所業である。画家のデッサンのようにやることができればどんなにいいだろう。しかし鉄の壁を突破することはおろか、新聞のコラムの制限された紙幅で少しずつ掘り進んでいくことはなかなか難しく、そう簡単には問屋が卸さなかった。しかし、この制限、この短さはある種の取り所ではないか。たとえ文学雑記であっても（これらのコラムは書評ではない）、日本の随筆風にやれるのではないかという感触を私は少しはもつことができた。この紙幅の制限は、何かを語るにあたって通常はそれなりに困難や隔靴搔痒《かっかそうよう》の感をもたらすが、私にとってかえって心地よいものだった。日本の随筆というものにも新しい形の随筆の余地があるだろうし、随筆風というのを定義することはなかなか難しいが、横井也有から岩本素白までを見回しても、まず第一に言えるのは、随筆は長いものであってはならないということである。短さによる物足りなさも随筆のひとつの感覚として良しとしなければならない。省略もまたひとつの詩法である。物事を解説するというのはひとつの手段であるが、何でもかんでも長々と説明すればいいというものではない。解説も要約も要らない。

（『手紙』）

そしてもぐらのように盲目であることは、感覚全体にとっては強みであるかもしれない、それを見習いたいと思った。そんな希望が少しは私にあったのである。私のもぐらは暴れたがっていた。自嘲するなら、むしろ暴れようとする盲目のもぐらをできるだけ抑え、手なずけるだけで精一杯だったかもしれない。もぐらはできるだけおとなしくしていたのか、さて、どうだったのだろう。したがって

「もぐら草子」というタイトルは、「もぐらが書き散らした紙片」といったほどの意味である。

*

これらの文章は二〇一二年一月から二〇二一年三月にかけて毎月最終日曜日に『神戸新聞』の読書欄に掲載されたコラムである。文学についてのよもやま雑記であるが、今回、一冊の本にまとめるにあたって、コラムの体裁を残すために加筆は最小限にとどめた。引用本の出版社名も煩瑣を恐れて割愛させていただいた。なお、訳者名のない外国文学の引用文は拙訳による。

このような文章を長いあいだ文句も言わずによくぞ新聞に掲載してくれたものだと思う。『神戸新聞』の度量には感謝しかない。こんなコラムをやりたいという事の始まりから付き合っていただいた神戸新聞文化部の平松正子さん、そして後を継いでいただいた新開真理さんには、長年にわたってお世話になった。何とお礼を申し上げればいいのかわからない。ありがとうございました。

そして今回、一冊の本にまとめることを快諾された現代思潮新社の渡辺和子さんと現代思潮新社のみなさんに感謝申し上げます。

二〇二一年十二月

鈴木創士（すずき そうし）
作家、フランス文学、ミュージシャン。
著書に、『アントナン・アルトーの帰還』、『魔法使いの弟子』、『サブローザ　書物不良談義』、『文楽徘徊』（以上、現代思潮新社）、『ひとりっきりの戦争機械　文学芸術全方位論集』（青土社）、『ザ・中島らも　らもとの三十五光年』（河出文庫）、『分身入門』、『うつせみ』（以上、作品社）、『離人小説集』（幻戯書房）、『芸術破綻論』（月曜社）ほか。訳書に、アルチュール・ランボー『ランボー全詩集』、ジャン・ジュネ『花のノートルダム』、アントナン・アルトー『ヘリオガバルス　あるいは戴冠せるアナーキスト』、『演劇とその分身』、フィリップ・ソレルス『女たち』（以上、河出文庫）ほか多数。

もぐら草子　古今東西文学雑記

2022年6月30日 初版第1刷発行

著　者　鈴木創士

装　幀　岩瀬　聡

発行所　株式会社現代思潮新社

〒112-0013　東京都文京区音羽2-5-11-101
電話　03-5981-9214　FAX　03-5981-9215　振替　00110-0-72442
URL: http//www.gendaishicho.co.jp/　E-mail: pb@gendaishicho.co.jp

印刷・製本　モリモト印刷株式会社

落丁・乱丁本はお取り替えいたします。

 ISBN 978-4-329-10014-6
定価はカバーに表示してあります。